Schwinn '85

D1993666

SV

Manuel Puig

Herzblut erwiderter Liebe

Roman

Aus dem brasilianischen Portugiesisch
von Karin von Schweder-Schreiner

Suhrkamp Verlag

Titel der 1982 erschienenen Originalausgabe:
Sangue de amor correspondido

Erste Auflage 1985
© Manuel Puig 1982
© der deutschen Ausgabe Suhrkamp Verlag
Frankfurt am Main 1985
Alle Rechte vorbehalten
Druck: Druckhaus Thiele & Schwarz GmbH, Kassel
Printed in Germany

Erster Teil

Erstes Kapitel

»Wann hast du mich zum letzten Mal gesehen?«
Zum letzten Mal hat er sie vor zehn, vor acht Jahren gesehen. Danach nie wieder. Das war in Cocotá, Bundesstaat Rio de Janeiro. Am Platz, neben der Kirche, oder?, sie wollte sich mit ihm treffen, sie hatten sich verabredet, oder wie war das?, von da sind sie zusammen zum Clube Municipal gegangen, eine ganze Nacht tanzen. Und was ist dann noch mit ihr passiert? In der Nacht damals sind sie bis morgens halb drei auf dem Ball geblieben, danach sind sie ins Hotel gegangen, zum Bumsen, stimmt's?, in der Nacht.
»Aber hat denn niemand gemerkt, daß da eine Fünfzehnjährige ins Hotel kam?«
Im Club war es brechend voll, die Stadt war nicht sehr groß, so an die sechstausend Leute, sechstausend Einwohner. Aber ins Hotel gehen, das war kein Problem, nein, nicht da, das Hotel ist in 'ner andren Stadt in der Nähe, klar?, da sind sie angekommen, haben ein paar Bierchen getrunken und so. Sie sind mit dem Auto hingefahren, damals hatte er einen Maverick, danach ging's mit ihm bergab, er hat nie wieder ein Auto gehabt. Aber nächstes Jahr will er sich eins auf Pump kaufen, so Gott will.
»Was war das für ein Ball?«
Die Musik war die ganze Zeit von Roberto Carlos, die ganze Nacht. Schallplatten, aber es gab noch andere Orte zum Knutschen, der Swimmingpool, da sind sie rumgelaufen, und zum Wasserfall. Sie sind auf die Steine geklettert, ein hübscher Wasserfall, voll mit Steinen, da haben sie Bikini und Badehose angezogen, sind zwischen den Bäumen rumgelaufen, richtig im Urwald.
»Ich hab dich gefragt, was für ein Ball das an dem Abend war.«
Der Ball war brechend voll, wahnsinnig viel Leute, drei- bis viertausend. Sie kannten viele, ziemlich viele, aber sich

verdrücken, das ging, das klappte. Sie hatte auf dem Platz auf ihn gewartet, meist wartete sie auf dem Platz oder wenn sie aus der Kirche kam, sie war nämlich sehr katholisch. Dann wartete sie meist vor der Kirchentür. Acht Uhr abends, meist um acht. Von da gingen sie meist zu ihr nach Hause oder sonst zu einer Tante. Da blieben sie dann, es gab Kaffee, Steaks, solche riesigen Steaks, wie er sie gern hat, so was alles. Meist blieb er bis Mitternacht. Bei ihr, bei ihrer Mutter. Da waren nur er und sie und ihre Mutter und die Großmutter. Nur sie vier. Einen Vater hatte sie auch, aber der kam meist gegen ein Uhr nachts. Er war ambulanter Verkäufer, deshalb kam er immer erst so spät, aber vorher kam noch der Bruder, Antônio, Antônio Rossi hieß er, stimmt's? Der kam so ungefähr um die Zeit, um Mitternacht, denn der Antônio war damals Fußballer, aber besser als er spielte der nicht. Im Sportclub Cocotá. Amateurfußball, unbezahlt. Meist sonntags, Viertel nach drei. Jeden Mittwoch und Donnerstag war Training, gegen fünf Uhr. Und in der Nacht, als am Samstag der Ball war, sind sie ins Hotel gegangen. Auf dem Ball waren sie fröhlich, richtig happy.

»Worüber haben wir auf dem Ball geredet? Mal sehen, ob du mir die Wahrheit sagst.«

Von Liebe, stimmt's? Nur Liebesgeflüster. Küßchen und so, und immer wieder hat er zum Weggehen gedrängt, damals konnten sie ja nicht ins Hotel gehen, weil sie noch ein Mädchen war, Jungfrau, klar? Aber an dem Samstag, da hat sie ein paar getrunken, und sie sind ins Hotel gegangen, nach dem Ball, das war wirklich das letzte Mal, daß er sie gesehen hat, oder? In der Nacht und am nächsten Tag. Bei der Ankunft, als sie aus Floresta de Cocotá, der andren Stadt, wieder nach Cocotá zurückkamen, hat er sich noch mit ihr für halb neun bei ihr verabredet, das war Sonntag. Aber sie kam erst abends, ungefähr Viertel nach elf. Da haben sie geredet und diskutiert und sich gezankt, er wollte abhauen, die übliche Geschichte, die Mutter, und dann noch die

Großmutter dazu, »Laß meine Tochter nicht sitzen!«, diese ganze Geschichte. Und er immer ausweichend, »Nein, na ja, ich fahr weg, muß zusehen, daß ich es im Leben zu was bring! Ich komm wieder ...« In der ganzen Zeit ist er nicht wieder da gewesen. Nur einmal auf Besuch, stimmt's?
»Als du damals zurückgekommen bist, hast du mich da mal von weitem gesehen?«
Damals, als er zurückgekommen ist, hat er sie wohl gesehen, von weitem hat er sie gesehen, meint er. Sie versuchte, an ihn ranzukommen, aber er ist ihr ausgewichen, nicht? Aber wenn er jetzt das nächste Mal hinfährt, will er sehen, ob er nicht ein bißchen freundlich mit ihr redet, ganz ohne was dahinter, nicht?, nur, um ihr die Sache ein bißchen leichter zu machen, danach war sie nämlich nicht mehr ganz richtig im Kopf, haben alle gesagt. Darum hat ihre Mutter ihn auch am meisten gebeten. »Ich weiß ja, du hast überhaupt nichts mehr mit ihr, aber unterhalt dich mit ihr und so, bitte!« Die Mutter wollte, daß er mit ihr redete, wie ein guter Freund, von der Pforte nach ihr rief, sich mit ihr unterhielt, wenigstens zu ihr ging. Reden und von früher sprechen und so, sie um Entschuldigung bitten, daß er so lange weg gewesen ist, diese ganze Geschichte. Sie ist nämlich bis heute nicht verheiratet, soweit er weiß, hat sie nicht geheiratet, wer heiratet auch schon eine Frau mit so 'ner Macke? Andere Flirts hat sie auch nicht gehabt, er glaubt nicht, daß sie andere gehabt hat, er hat wirklich keinen gesehen, niemand hat das. An den letzten Abend auf dem Ball kann er sich jedenfalls sehr gut erinnern, an alle Einzelheiten. Sie trug ein neues Langes, grün, und er war auch ganz schick, er hatte sich in Lee-Jeans geworfen, die waren damals grade in Mode gekommen, mit einem Rund-um-die-Welt-Hemd. Das war ein todschickes Hemd, so eins hatten nur ganz wenige, die waren sehr teuer, klar?, das hieß wohl so, weil es grad auf der ganzen Welt Mode war, deshalb hieß es Rund-um-die-Welt. Da kamen sie also zum Ball und fingen an zu reden, alles okay, bis dahin war alles prima, er drängelte

dauernd, sie solle mitkommen und so weiter, »Kleines, ich will deine Liebe und so, ich heirate dich, hörst du? Nur jetzt geht's noch nicht.« Damals hatte er ja nichts, klar? Er war ein armer Schlucker, aber er verstand sich aufs Leben und wollte aus der Stadt weg, nicht? Sie wollte aber, daß er in der Stadt Fußball spielte. Sie wollte, daß er in der Stadt studierte und Fußball spielte.

»Was hab ich verlangt, das du machen solltest? Lüg mir nichts vor.«

Sie wollte damals, daß er auf die Technische Hochschule geht, aber das konnte er sich nicht leisten, klar? Seine Eltern hatten damals kein Geld. Da hat er gesagt, das ginge nicht, er müßte sich was Neues aufbauen und so, damals war seine Arbeit ... er arbeitete mit elektrischen Projekten, ist das klar? Er beschäftigte sich viel mit elektrischen Projekten, da drängelte sie meistens, er sollte noch mehr lernen, diese ewige Geschichte, immer dasselbe. Da hat er gesagt, »Es hat keinen Zweck, ich kann mir das nicht leisten.« Da sagte sie, sie würde ihm helfen und so, klar? Da sagte er, »Hör zu, Kleine, es geht nicht, für mich ist das unmöglich, wirklich, ich hab nicht genug Geld.« Und so blieb es bei dem Problem, mal redeten sie vom Fußball, dann wieder ging's ums Studieren und so, sie sagte, sie wollte ihren Vater bitten, seine Ausbildung zu bezahlen. Er sagte, das wollte er nicht, das würde er nicht annehmen, so wichtig wär das nun auch wieder nicht für ihn. Er wollte gern selbst über sein Leben bestimmen, klar? Da sind sie dann vom Ball weggegangen. Seit diesem Abend ahnte sie nämlich, daß er wirklich weg wollte, deshalb hat sie sich ihm hingegeben und gedacht, das würde ihn an sie binden, »Nein, du bleibst hier bei mir, du weißt schon, oder?« Da hat er zu ihr gesagt, nein, er würde wirklich weggehen, aber damals hatte er nicht gesagt, daß er sie in dieser Nacht verlassen würde, weil er ihre schwachen Stellen kannte, nicht? Verdammt, wenn er sagt, daß er sie verlassen will, bringt das nichts, dann geht sie nicht mit ihm vom Ball weg, aber wenn sie mitgeht, ist alles klar, oder?

Morgen sagt er's ihr, aber erst nach der Nacht und so weiter. Er konnte ja nicht ahnen, daß sie durchdrehen würde. Also hat er sie ins Auto gesteckt, und sie haben darüber geredet, »Paß auf, Kleine, jetzt fahren wir in eine Stadt und amüsieren uns mal ein bißchen anders, verdammt. Schließlich gehen wir schon drei Jahre zusammen, und da mußt du mal Vertrauen zu mir haben, find ich«, und so weiter und so fort. Sie hat gesagt, sie würde es auf keinen Fall mit ihm machen. Da hat er gesagt, es wär alles aus, und nun wüßte er nicht mehr, was sie eigentlich wollte. Da hat sie zu weinen angefangen, hat richtig losgeheult, und er hat sich überhaupt nicht drum geschert, er war ganz wild, ziemlich betrunken, klar? Na schön. Da sind sie weggegangen. Und sie haben es wie verrückt getrieben.

»Im Hotel?«

Nur eine Nacht, da in dem Hotel. Und deshalb ist sie immer hinter ihm her, wenn er mal zurückkommt. Will unbedingt mit ihm ausgehen, sucht ihn, läßt ihm was ausrichten, schickt Briefchen, und er weicht immer aus. Meist trifft er sich mit Freunden, nicht?, in dieser Stadt voll Blumen, in den Grünanlagen. Dann schickt sie Briefe, »Erinnerst du dich noch an die Nacht? Ich warte auf dich auf der Bank, du weißt schon, da auf dem Platz«, unterschrieben Maria da Glória. Erinnern tut er sich schon, aber es geht nicht, er schickt den Brief nicht zurück und auch sonst nichts, klar?

»Die andern sagen, du hättest mich mal in den Busch mitgenommen, ganz allein draußen aufs Land, ist das wahr oder nicht?«

Das war schon mit 'nem andren Mädchen, die Schwarzhaarige hat er wirklich mal in den Busch mitgenommen, aber die Blonde, das war im Hotel, die Maria da Glória. Das war so: Sie sind im Hotel angekommen, haben geduscht, nicht?, und da wollte sie sich auf keinen Fall ausziehen. Er wie wild. Er hat sie gepackt, »Leg dich hin!«, hat sie hingelegt und sie ausgezogen, dann haben sie angefangen sich zu küssen und zu beißen und so. Sie weinte furchtbar, ganz verzweifelt. Da hat er zu ihr gesagt, »Hör mal zu, Kleine, das nützt nichts, von hier kommst du nicht weg, nutz das aus, die Nacht gehört dir«, er hat ordentlich auf sie eingeredet, wirklich 'ne Menge. Drei Jahre war er mit ihr gegangen, verdammt nochmal, das stand ihm zu, das konnte er doch nicht für einen andern übriglassen. Sagen wir mal, er läßt sie in Ruhe, und dann kommt so einer und vernascht sie, und er ist angeschmiert. Er hat's ihr beigebracht, hat gesagt, sie soll sich unter ihn, auf ihn legen, hat sie überall gebissen, sich überall von ihr lutschen, von oben bis unten lecken lassen, klar? So richtig schöner Schweinkram war das, nicht?, da war alles dran, erst ihr Heulen, dann ihr Lachen, sie hat eine Menge getrunken.

»Das ist nicht wahr, ich hab noch nie getrunken. Wenn ich trinke, wird mir schlecht, ich muß mich immer gleich übergeben, oder ich krieg furchtbare Kopfschmerzen.«

Es gab Whisky Marke Paulas, Palhinha, Kognak, jedenfalls das Beste, um sie halb verrückt zu machen. Bier und so was, das gab's im Club, viel Bier, soviel Leute beim Tanzen machten Durst. Da sind sie weggegangen. Es war wohl schon ungefähr Viertel nach zwei, als er sie nach Haus gebracht hat. Aber als er wegging, wartete schon eine andre Frau auf ihn, auf dem Bürgersteig gegenüber. Das war eine Nachbarin von ihr, die da schon auf ihn wartete, und er hatte keine Ahnung. Als er vorbeiging, machte sie »Psst! ... Hallo, wie geht's?« Und er ist dageblieben. Den Rest der Nacht hat er bei der anderen Frau verbracht.

»Nachdem du mit mir im Hotel gewesen bist? Das ist nicht wahr.«

Klar, er war ein junger Kerl, achtzehn Jahre, vor Kraft strotzend, nicht?, es war eine Pracht, im Ernst. Acht oder zehn Bier im Club, dann ging's mit Kognak weiter, an die Marke kann er sich nicht erinnern, jedenfalls war's eins der teuersten Getränke damals. Hier in Brasilien ist die Marke sehr bekannt, die kennt wirklich jeder. Aber jetzt scheint's die nicht mehr zu geben, jedenfalls hört man nichts mehr davon, oder vielleicht gibt's sie nur da, ob hier auch, weiß er nicht, vielleicht gibt's sie ja nur in diesen Käffern. Aber er war trotz des vielen Biers nicht schlapp, es war Spitze, wie der Teufel hat er gebumst, bis zu viereinhalb Stunden kriegte er den Säbel hoch, ja, wirklich. Sicher, viele Abende waren für sie beide sehr wichtig gewesen, in der Karnevalszeit, bevor sie ins Hotel gegangen sind. Sie gingen immer zusammen auf die Feste.

»Aber wieso haben die bei mir zu Hause nicht gemerkt, was in dieser Nacht passiert war?«

An die Nacht können sich bestimmt nur noch wenig Leute erinnern, das war die Nacht von Sonnabend auf Sonntag, was war da noch passiert? Als sie auf dem Weg zu ihr nach Haus waren, wurde er zum Mittagessen eingeladen, das sollte um zwei sein, vor dem Fußball. Das war der Tag, an dem er mit ihr Schluß machen wollte und zum letzten Mal im Fußballteam der Stadt, dem »Esporte Clube Cocotense«, spielen sollte.

»Das letzte Spiel?«

Weil er ja weggehen wollte und nie mehr bei dem Team noch bei sonst was dabei sein würde. Er hatte alles ganz allein geplant, die einzige, die was davon wußte, war seine Mutter. Da stand sie mit ihrem grauen Haar, total ungekämmt, Mann, weil sie mit ihrem Rheuma die Arme nicht hochkriegt. Er hat zu ihr gesagt, daß er weggehen wollte, und die Mutter hat ihn eine Weile ernst angesehen, dann fing sie an zu lachen. Da hat er zu ihr gesagt, »Mutter, Sie sehen aus wie ein Perlhuhn mit diesem krausen grauen Haar, so wirr ist das, wozu hab ich so viele Schwestern, wenn sie Sie noch nicht mal etwas kämmen können?« Seine Mutter ist gutmütig, wenn sich keiner mit ihr anlegt, aber Perlhühner können picken, daß es weh tut. So um Viertel vor zwei war er bei Maria da Glória zum Mittagessen, richtig?, ein tolles Mittagessen, lauter leckere Sachen, Huhn, Krabben, Nudelauflauf, lauter verschiedene Gerichte, grüner Salat, Toma-

ten, so was alles. Und dann passierte folgendes: Da saßen sie nun allesamt, er, ihr Vater, ihre Mutter, und sie setzte sich von dieser Seite auf seinen Schoß, an dem Tag. Dann hat sie ihre Mutter angesehen und gesagt, »Mama, es tut mir leid, aber ich liebe diesen Jungen, ich liebe ihn wirklich über alles, und nichts kann uns trennen.« Da hat ihre Mutter gesagt, »Ich weiß, daß du ihn liebst, der junge Mann hat dir den Kopf verdreht.« So redeten sie dann weiter, er spielte immer nur den Unnahbaren, der sich Respekt verschafft, so wie immer, auch wenn er der Ärmste von allen war. Dann hat er zu ihr gesagt, »Mädchen, das ist ja das Problem, ich liebe dich auch, ich hab dich wirklich gern, von ganzem Herzen.« Er hatte sie nämlich wirklich gern, verstanden?
»Du bist an dem Sonntag gar nicht zu Huhn und Krabben dagewesen. Niemand hatte dich eingeladen.«
Wer weiß, ob sie sich noch an das alles erinnern kann, wo sie dann so krank geworden ist. Sie schrieb Briefe, aber er hat nie geantwortet aus der Stadt Bauru, wohin er gegangen war, um für die Stromgesellschaft zu arbeiten. Für die CESP, die Stromgesellschaft des Staates São Paulo. Dauernd schrieb sie ihm, nicht? Dann hat's noch ein Problem gegeben. Nach dem Mittagessen, diesem tollen Mittagessen, als es drei war, ist er dann zum Fußballplatz gegangen, das Spiel sollte Viertel nach drei anfangen. Es ging um eine Meisterschaft, Esporte Clube Cocotense gegen Náutico de Cocotá. Sie hatte ihn gebeten, nicht zum Fußball zu gehen, nicht an dem Tag. Er hat zu ihr gesagt, »Mädchen, die Sache ist so: Ich geh, und ich werd heute ganz ausgezeichnet Fußball spielen.« Sie hat gesagt, »Na schön, wenn du gehen willst, dann geh nur, aber ich will deinen ausgezeichneten Fußball nicht sehen, so wie du immer gespielt hast.« Da hat er gesagt, »Ist gut, ich geh.« In diesem Spiel hat er fünf Tore geschossen. Die fünf Tore in dem Spiel hat alle er geschossen, an dem Nachmittag war er wirklich wie aufgedreht. Die Mädchen waren hingerissen, viele Frauen, die ihn mochten, waren da, Freundinnen von ihr, diese Mädchen redeten alle

gern mit ihm, und heimlich mit ihm flirten, das taten sie auch gern, verstanden? Und seine eigenen Fußballerfreunde waren auch da, Donato, der Mittelstürmer der Mannschaft, und Farelinho, mit der Zehn, Halbrechts. Alle waren sie seine Freunde, aber diese beiden waren besonders gute Freunde. Dann gab es noch einen, der später gestorben ist, schon vor Jahren, deshalb hatte er ihn vergessen und schon lange nicht mehr an ihn gedacht. Von da sind sie dann feiern gegangen, ein paar Bier trinken nach dem Spiel, ein großer Sieg, ein rauschendes Fest mit vielen Mädchen, in einer Kneipe, die es jetzt nicht mehr gibt. Und später sind sie dann bei ihr feiern gegangen.

»Das ist nicht wahr, bei mir zu Hause hätten sie keinen reingelassen, das weiß ich genau.«

Er hat zu ihr gesagt, er würde sich ins Auto setzen und zu sich nach Haus fahren, zu seiner Mutter. Da ist er also losgefahren, hat geduscht, und die Mutter hat gemerkt, daß er wirklich an dem Abend weg wollte, »Kind, du kommst mir so komisch vor«, »Mutter, die Sache ist die, ich fahr morgen früh um halb sieben los, machen Sie sich keine Sorgen, ich kann in dieser Stadt hier nicht leben, ich hab kein Geld, aber ich brauch was, ich muß was zum Anziehen kaufen, gut aussehen, Eindruck machen. Viele Frauen sind hinter mir her, aber ich hab nun mal keine vier oder fünf Hemden, keine vier oder fünf Hosen und kein Fläschchen Parfüm. Mutter, das Problem ist nur, ich brauch fünf Cruzeiros, mehr nicht.« Damals war das eine Menge Geld. Die Mutter hat gesagt, mit so wenig könne er nicht weg, und was wollte er dann machen? Er hat sie umarmt und ist losgefahren und bis heute weggeblieben, jetzt hat er schon einunddreißig Jahre auf dem Buckel, na schön, sechzehn Stunden Busfahrt bis Bauru, die CESP brauchte Leute. Aber als er im Bus daran gedacht hat, daß er dahin fuhr, wollte er auch schon wieder zurück, ehe er überhaupt angekommen war, jede Sekunde hat er daran gedacht, er hatte schon Heimweh nach dem Publikum vom Fußballplatz. Er wollte im selben Bus zurückfahren, zurück nach Cocotá, aber das konnte er nicht, er hatte kein Geld für die Rückfahrt. Die ganze Fahrt über hatte er nicht geschlafen, immer nur die Landschaft angeschaut, durch die der Bus fuhr und die er noch nie gesehen hatte. Und, hol's der Teufel, das Beste an der Geschichte war, daß er seinen Spaß gehabt, daß er sie rumgekriegt hatte. Damals hatte er noch nicht so viele Probleme, noch nicht mal zehn Prozent von dem, was er jetzt an Problemen hat. Aber sie fand das schon beim ersten Mal wunderbar, einfach zu schön, »Hör zu, Kleine, es war nicht gut, weil es zu sehr weh getan hat, verstehst du? Ich glaub, das könnte noch viel besser sein«, aber sie, »Für mich sieht das so aus: Ich hätte das schon am ersten Tag machen sollen, als ich dich kennengelernt habe, Josemar, so wie du gesagt hast.« Da hat er gesagt, »Das hättest du damals nicht machen können, weil ich dich mit zwölf kennengelernt hab oder noch nicht mal, du warst da vielleicht zehn Jahre alt. Das ging damals auf gar keinen Fall, das hätte ich nie mit dir gemacht, verstehst du? Jetzt ja, jetzt bist du in einem guten Alter, auch wenn's verdammt weh getan hat.« Er war ganz verrückt nach ihr!

»Ich weiß nicht mehr, was für ein Schmerz das war, ich kann mich beim besten Willen nicht mehr daran erinnern.«

Es ist wirklich schwierig, sich an alles zu erinnern, sie war schon fünfzehn, fast sechzehn, so genau weiß er das nicht mehr, er will möglichst viel vergessen, wenn er zuviel redet, kriegt er Sehnsucht, sich mit ihr zu treffen, klar?, deshalb will er vergessen. So manchen schönen Abend gab's, verdammt, das kann man wohl sagen. So manchen Abend haben sie geflirtet, den Mond und die Sterne angesehen, sind spazierengegangen auf den Plätzen, um die Häuserblocks, meist bis Mitternacht, sind richtig spazierengegangen. Und haben abends zusammen geangelt, sie hatte fürchterliche Angst vor Schlangen, da hat er dann immer die Wasserschlangen gefangen und zum Spaß damit nach ihr geworfen, Kaimane, junge Kaimane. Sie war so ängstlich.

»Wenn ich so ängstlich war, wieso hab ich mich dann im Hotelzimmer einsperren lassen?«

Zuerst hatte sie keine Angst, aber dann, als sie anfingen, da weinte sie und hatte Angst, weil es ihr weh tat, verstanden?, sie sagte immerzu nein, nein, nein, bis zum letzten Moment, und er hat nicht locker gelassen, doch, doch. Dann hat er gesagt, »Wenn du es nicht heute mit mir machst, dann machst du's nie. Wenn du das da für mich aufbewahrt hast, wie du immer gesagt hast, dann will ich es heute haben. Wenn ich das heute nicht krieg, will ich es nie mehr, dann bin ich für immer böse mit dir.« Am nächsten Abend, am Sonntagabend, war er mit ihr von Viertel nach neun ungefähr bis drei Uhr morgens und 'n bißchen zusammen. Da haben sie nur davon geredet, und meist hat sie mehr geredet als er, nicht? Frauen reden ja dann meistens, bei so etwas, mehr als Männer. »Du, Josemar, ich hab dich wirklich gern, verstehst du?, ich möchte wirklich am liebsten bei dir bleiben, ich will nur bei dir bleiben, für mich gibt es keinen anderen Mann, vorher habe ich dich geliebt, jetzt liebe ich dich noch viel mehr, verstehst du?« Verdammt noch mal, was sollte er da machen? Er mochte das Mädchen wirklich gern, aber ohne Geld, ohne Kleidung, da mußte er doch was unternehmen, oder? Er hat ihr nie wieder den Gefallen getan, sich noch mal ihre Klagen anzuhören. Aber in der Nacht vom Sonnabend hatte er ihr weh getan, da hatte er sie verletzt.

»Du hast mir weh getan, mich verletzt?«

Sie weinte, sie weinte fürchterlich, es war ja ihre erste Nacht, sie hatte noch nie was gehabt, nicht mal eine Blinddarmoperation, nichts, und das tut wirklich weh, das schmerzt. Er hat gesehen, daß sie blutete, nicht?, ziemlich stark sogar. Er hat es mit ihrer eigenen Unterhose abgewischt, die lag da auf dem Bett. Mit ihrem Höschen, dieselbe Marke wie sie alle Mädchen in Cocotá tragen. Er hat alles abgewischt und saubergemacht. Hat alles ordentlich saubergemacht und dann wieder hinein. Na gut. Sie haben es wirklich gemacht, sich richtig angestrengt, solange er nicht ganz drin war, hat er nicht aufgehört. Solange er nicht bis zum Sack drin war, hat er nicht aufgehört. Erst dann hat er aufgehört. Sie hat gezittert, ihr war kalt, sie hat zu ihm gesagt, ihr wäre kalt, »Du, es ist gut ...« Er hat gesagt, »Soll ich ihn rausziehen?« Aber sie hat gesagt, »Nein, mach weiter, noch ein Stück.« Dann lief alles glatt. Am letzten Abend, als er sich von ihr verabschiedete, haben sie es im Stehen gemacht, unter einem Baum. Er hat sich von ihr verabschiedet, wollte sagen, daß er weggehen würde und so weiter. Daß er nicht zurückkäme, nicht bei ihr bliebe und so, und gleichzeitig hat er gesagt, »Mädchen, ich komm zurück, kannst dich drauf verlassen, wir beide heiraten.« Da haben sie es im Stehen getrieben, noch ein bißchen im Stehen, nicht?, das war Spitze. Dann hat er es wohl vergessen, er wollte vergessen, er weiß gar nichts mehr.

»Du glaubst doch wohl nicht, was die Leute über mich erzählen.«

Irgend jemand hat gesagt, nach ihrem letzten Abend wär dann alles schiefgegangen, denn ein paar Jahre später ist er zurückgekommen, und da hat ihre Mutter ihn angesprochen und gesagt, »Sieh mal, Josemar ...« Ihre Mutter hat ihn ausdrücklich kommen lassen, damit er mit ihr redete. Ihre Großmutter, die sehr nett, sehr freundlich zu ihm war, war damals ziemlich alt und krank. Die Großmutter und die Mutter ließen ihm ausrichten, »Wenn du sie nicht sehen willst, wenn du nicht mit ihr reden willst, schicken wir sie raus, sie weiß nicht, daß du wieder hier bist.« Da hat er gesagt, »Ich komme, aber sagen Sie ihr bitte, sie soll nicht ins Wohnzimmer kommen, damit wir uns unterhalten können.« Und dann hat er da über drei Stunden gesessen und nur mit ihrer Mutter darüber geredet, stimmt's?

»Meine Familie mochte dich nie, nur ich mochte dich.«

Dann hat die Mutter zu ihm gesagt, »Die Sache ist die, ich

versteh, was du da sagst, aber laß sie nicht im Stich, komm zu ihr zurück, vielleicht kommt sie wieder zu sich, wird wieder richtig im Kopf, verstehst du? Denn seit eurer Trennung habe ich keine Ruhe mehr mit ihr, sie ist aufsässig geworden, nervös, zankt mit allen im Haus, ist frech zu allen. Und dann ist es noch schlimmer geworden, mit Nervenzusammenbrüchen, fixen Ideen, verstehst du, und meistens hat sie von dir geträumt, im Schlaf geredet, ›Ich brauche Josemar! Ich brauch ihn! Ich liebe ihn, ich liebe ihn über alles . . . Ich bring mich noch mal seinetwegen um.‹ Verstehst du?« Da saß er ziemlich in der Klemme, auf der einen Seite dies Problem da, nicht?, und auf der anderen Seite seins, aber die Mutter von Maria da Glória hat gesagt, »Das schlimmste ist, daß sie dich sieht, fast jeden Tag, wenn sie schlafen geht, obwohl du weit weg bist, im Bundesstaat São Paulo; und manchmal sieht sie dich auch, wenn sie wach ist; und wenn sie dich sieht, hört sie dich immer schöne Sachen sagen, zärtliche Worte von Verliebten, und deshalb kann sie dich nicht vergessen; wenn ihre Nerven in Ordnung wären, würde sich mit der Zeit alles geben, weil alle Mädchen in ihrem Alter, wenn sie sich verlieben . . ., wenn der Junge sie nicht mag und in eine andere Stadt zieht, dann finden sie sich allmählich damit ab, daß sie ihn nicht mehr sehen können. Sie finden sich damit ab, weil sie ihn nicht mehr sehen.« Von diesen beiden Problemen, verdammt, da wollte er lieber sein eigenes lösen! Er hatte ein Riesenproblem damals, klar?, aber er hatte auch ein Mädchen, das wirklich prima war und ihn liebte, nicht? Er bekam es mit der Angst, es ging nicht, er mußte weg, er hat ganz offen mit ihrer Mutter geredet, klar?, er hat das Buch aufgeklappt, das Buch seines Lebens hat er ganz aufgeklappt, aber ein paar Sachen hat er nicht gesagt, sonst hätte sie ihm noch Schwierigkeiten gemacht, vielleicht nicht mit Streit, richtigem Streit, so was nicht, aber womöglich mit furchtbar viel Gerede, weil keiner was erfahren hatte, die Geschichte war ja unter ihnen geblieben, und damit hatte es sich, na schön. Als er weggegangen ist, hat er sich umgedreht und zu ihrem Fenster raufgesehen, sie war nicht da, hat nicht wie früher gewinkt, bis er um die Ecke bog, in die Straße mit den Oitizeiros, diesen hohen Bäumen.

»Kein Wort davon ist wahr. Du durftest unser Haus nie betreten, weder damals noch jetzt.«

Zweites Kapitel

Sie wollten sie auseinanderbringen, alle gaben sich die größte Mühe. Sie sagten zu ihrem Vater, er wäre ein Halunke, ein Rumtreiber und noch Schlimmeres. Sie hat nie geglaubt, was man über ihn erzählte, nicht?, und jetzt, wo er sie nicht mehr sieht, möchte er gern, daß sie das weiß, daß er ein anständiger Mensch ist, klar?

»War ich damals genauso wie jetzt? Wie war mein Haar? Ganz bestimmt weißt du das nicht mehr.«

Sie hatte langes blondes Haar, die Eltern waren Italiener. Aber er kann die Streichhölzer nicht finden, er hat viele Probleme, mit der kranken Mutter, er sollte einen Kostenvoranschlag machen über neue Kacheln im Badezimmer in einer alten Wohnung, also hat er ihn gemacht, und jetzt sind die Materialkosten gestiegen, und er wird nichts daran verdienen, er ist verschuldet, verdammt, was ist das für ein Leben, die Arbeit als Elektriker, die hat ihm Spaß gemacht, aber Maurer, nein. Und er kann die Streichhölzer nicht finden, er muß rauchen, damit er sich an früher erinnern kann.

»Man muß sich an das erinnern, was wirklich passiert ist, und nicht an die Lügen.«

Er erinnert sich an das, was passiert ist, natürlich, an nichts sonst.

»Deine Mutter ist krank, wer kümmert sich um sie, wenn du bei der Arbeit bist?«

Er braucht über eine Stunde von hier bis ins Zentrum von Rio, er geht frühmorgens aus dem Haus und kommt spätabends wieder.

»Bist du hierher gezogen, weil der Name so schön ist? Ich finde diesen Namen sehr schön, Santíssimo.«

Ihm gefiel Santíssimo, weil es saubere Luft hat und viel Buschwald, der ganz von allein wächst, wie in Cocotá.

»Vor meinem Fenster gab es keine Pflanzen, die von allein wachsen, nur Zierpflanzen, und die blühten auch.«

Normalerweise stand sie am Fenster ihres Zimmers im ersten Stock, es war ein hübsches Haus, kein schäbiges Haus von armen Leuten. Der Vater verkaufte vor allem Kleidung und Schuhe, er fuhr über Land und verkaufte wirklich. Er holte die Sachen aus São Paulo zum Verkauf, er verkaufte an Privat. Er fuhr mit dem Bus, transportierte alles in Taschen. Das Haus hatte Terrasse, Garten, einen hübschen Garten, viele Blumen und Bäume vorn. Zwei Obstbäume gab es sogar vorn, große Guajavenbäume, aber ihr Fenster ging zur Seite, und wenn er kam und auf sie wartete, lehnte er sich immer an den Stamm von dem einen Guajavenbaum, den linken.
»Warum hast du dich immer hinter diesem Baum versteckt?«
Er wartete hinter dem einen Baum, dem linken, weil man sagt, das linke Ei hätte mehr Kraft, und der Baum überträgt die Kraft auf den, der auch männlich ist. Wenn er wegging, sah sie ihm vom Fenster nach, bis er verschwunden war, aber solange sie ihn sehen konnte, winkte sie immer noch.
»Soweit stimmt alles, da bin ich sicher.«
Seine Mutter lebte auf ihrem kleinen Hof auf dem Land, weit weg von der Stadt, stimmt's?, in der letzten Nacht, als er nach Haus kam, wurde es schon hell, es war schon Tag, ungefähr zwei Stunden über diese Landstraßen mit Schlaglöchern und Dreck, manchmal blieb das Auto stecken, er schob den Wagen an, verdammter Schlamassel, mitten auf der Straße lauter schlafendes Vieh, Kühe und Kälber, Äste versperrten den Weg, da schlief er erst mal, dann schob er den Wagen an, bis er schließlich nach Haus kam, wenn er nah dran war, sah er meist einen Angestellten von seinem Vater damals, einen gewissen Aristides, Tilde nannten sie ihn. Jetzt hat er ihn schon seit Jahren nicht mehr gesehen, »Hallo, wenn du um diese Zeit kommst, muß ja was passiert sein.« Er war morgens um drei, halb vier von Maria da Glória weggefahren und kam so um Viertel nach sechs zu Haus an, nur weil der Weg so lang war, fast drei Stunden zu

Fuß, »Du siehst aus, als hättest du 'ne schlechte Nachricht bekommen.« Da hat er gesagt, »Ach, Tilde, alter Freund, alter Knabe«, so nannte er ihn immer, »alter Freund, ich glaub, ab morgen oder auch ab sofort werdet ihr mich hier nicht mehr sehen.« Das glaubte der aber nicht. Tilde war ein Freund von seinem Vater, mit der ganzen Familie gut befreundet, er glaubte ihm kein Wort, was er sagte. Er ist in aller Frühe weggegangen, keiner hat es gesehen, nicht mal seine Mutter hat gesehen, wie er weggegangen ist, er wollte keinen Kummer machen.

»Das ist nicht wahr, hatte sie dir nicht zufällig fünf Cruzeiros gegeben und hattest du sie nicht umarmt?«

Seine Mutter war an dem Montagmorgen nicht zu Hause.

»Deine Mutter ging zu anderen Leuten arbeiten? Ging früher als alle anderen weg und arbeitete als Hausmädchen bei anderen?«

Sie hat nie für andere gearbeitet, immer nur im Haushalt. Im eigenen Haus. Sein Vater war schon auf dem Reisfeld und hat ihn auch nicht gesehen, sein Vater hatte Vieh, Kälber, Pferde, Schweine, Hühner, Perlhühner, Hunde. Die Kinder waren alle auf dem Hof zur Welt gekommen, und Josemar auch, trotz alledem. Früher hat der Vater viel gearbeitet, jetzt tut er nichts mehr, da hängt jetzt alles an ihm und seiner Mutter, der Vater kümmert sich um nichts mehr, er ist anders geworden, klar?, jetzt trinkt er viel, er hat die Hoffnung aufgegeben. Josemar war der hübscheste Sohn, und darüber hat der Vater sich schon immer geärgert. Josemar ging von zu Hause weg. Es war schon das zweite Mal, daß er von zu Hause weg mußte.

»Jetzt möchte ich eins wissen, warum denkst du jetzt wieder so viel an mich? Jahrelang hast du kaum oder überhaupt nicht an mich gedacht.«

Sie waren elf Geschwister, richtig?, damals waren sie noch nicht elf, aber schon ziemlich viele. Er hatte eine Schwester, einen großen Bruder, und er war das dritte Kind, klar? Damals schickte der Vater ihn immer morgens um halb fünf

die Kühe zum Melken holen, verstanden?, die Kühe waren draußen, bei Regen und Gewitter, und er zeigte immer mit dem Finger auf den Jungen und schickte ihn im Unwetter raus, er war erst sechs, »Marsch, Carminha, es ist Zeit, daß der Junge die Kühe holt.« Da sagte die Mutter dann immer, »Welcher Junge?«, und er, der Jüngste, mußte gehen, »Josemar, schick Josemar die Kühe holen.« Er ging, der Kleine, ging die Kühe holen und so, immer im Regen, molk sie, dann holte er die Kälber zum Säugen, brachte die Kühe zum Grasfressen, auch deshalb, damit er es nicht mähen mußte, arbeitete auf dem Feld, jätete Unkraut im Garten, so was alles, in der Apfelsinenplantage, fing viele Vögel, Vögel mochte er zu gern, mag er heute noch. Kanarienvögel, Zwergtauben, Amseln, Singdrosseln, Prachtfinken, alle möglichen Vogelarten fing er.
»Und was hast du mit ihnen gemacht, wenn du sie erst mal in der Hand hattest?«
Wenn der Vogel was taugte, wenn es einer für den Käfig war, dann war er sehr lieb zu ihm. Wenn er dumm war und nichts taugte, dann riß er ihm die Federn aus, bis er nackt war, und ließ ihn dann frei. Eines Tages hat sein Vater das gesehen, er sah oft gerupfte Vögel splitternackt rumlaufen, »Verdammt! Das darfst du mit den Tieren nicht machen, Junge, laß doch die Tiere in Ruhe.« Er sagte, »Nein, wissen Sie warum? Ich hab den Käfig hier aufgestellt, weil ich einen Kanarienvogel fangen wollte, da ist der gekommen und hat den Kanarienvogel angegriffen, ist in die Falle reingegangen, und ich will einen Kanarienvogel fangen und nicht solche Mistvögel wie den da.« Er ließ den gerupften Vogel frei, da verschwand der Vogel. Na gut.
»Wurde der Vogel dann nicht verrückt, so wie ich, oder starb er dann nicht?«
Nein, der starb nicht, dem wuchsen neue Federn. Dann kam er sogar wieder und ging wieder in die Falle, er rupfte ihn wieder, so war er. Das schlimmste war, sein Vater hatte eine Maschine zur Reisbearbeitung, zum Schälen, und nach den

Kühen, dem Weiden, dem Pferde-auf-die-Wiese-Bringen, Unkrautjäten, was er als Kind hauptsächlich zu tun hatte, da ging er dann bei der Reisschälmaschine zusehen. Und helfen. Anfassen durfte er nicht, er war sechs, er fegte alles zusammen, wo die Männer waren, die die Schalen rausholten, da ging er fegen, immer näher, »Faß nicht die Maschine an! Das ist kein Spielzeug!« Aber dann fing sie Feuer, so gegen Mitternacht, die Maschine von seinem Vater, brannte total aus. Da überlegte der Vater, wer das gewesen war, der die Maschine in Brand gesteckt hatte, »Ich hab um die Zeit geschlafen, ich hab da nicht mit Feuer gespielt!« Er weiß nicht, wer das Feuer gelegt hat. Keiner hat rausgekriegt, wer es war, nicht mal die Versicherung, stimmt's?
»Ja, keiner hat dich überführt.«
Der Vater hatte ein sehr gutes Verhältnis zu seinen beiden ältesten Kindern, Lourdes und Otávio, und nach Josemar kam noch eine Menge, ein ganzer Haufen. Aber den dritten, den hatte er auf dem Kieker, anders als die übrige Familie, das Kind wußte nicht warum, die andern schickte der Vater auch manchmal arbeiten, aber er mußte wirklich arbeiten, mehr als alle andern. Und deshalb gab es viel Streit zwischen ihnen, zwischen ihm, dem Vater und den Geschwistern. Wie die Verrückten stritten sie sich, bis es richtig brannte. Der dritte Sohn ärgerte sich, er konnte ja auch die andern zum Arbeiten schicken, oder? Aber der Vater fand, der dritte müßte die Arbeit allein machen. Niemand weiß, warum. Das hat er bis heute nicht rausgekriegt.
»Er mochte dich nicht, weil du anders als die anderen warst. Und ich weiß auch, warum du anders warst.«
Der dritte Sohn war heller, er hatte kein Indiogesicht wie die andern, er war sogar noch hübscher als die Kinder vom Hofbesitzer, die so weiß wie Josemar waren.
»Ich weiß genau, warum dein Vater dich nicht mochte.«
Es gab keinen besonderen Grund. Er hing nie am Vater, ehrlich gesagt, er hing immer an der Mutter, mit der Mutter ist das nämlich so: Ihr Kind kann noch so mißraten sein, sie

hält immer zu ihm. Aber er war ein sehr gutes Kind. Und dann, eines Tages, als die Mutter Regina bekommen sollte, eine von seinen Schwestern, sah der Vater ihn komisch an, nach ihm kommt Maria, dann kommt Regina und dann Zé Carlos. Und der schwarze Adoptivsohn, Zilmar, sein Freund und Bruder. In der Zeit war die Mutter krank, weil sie sich wegen Regina schonen mußte, weil sie ein Kind kriegen sollte. Der Vater hatte gesagt, er solle ein Wäschebündel, so einen Haufen schmutzige Wäsche, zu einer Tante zum Waschen bringen, und er sagte, er würde nicht gehen, unterwegs wär die böse Kuh und würde ihn angreifen, »Du gehst, die Kuh greift keinen an.«

»Weiter.«

Da hat er die schmutzige Wäsche gepackt, und der ältere Bruder, der viel schlauer war, machte den Mund auf, »Gut, dann bringen wir sie beide.« Da sagte der Vater zu seinem dritten Kind, »Ich will die Wäsche übermorgen wieder sauber hier haben, fix und fertig.« Da guckte der Bruder ihn an, verdammt, und sagte, »Du machst das so, Josemar, du bringst sie bis zu der Stelle da, wenn du ankommst, warte ich schon auf dich.« Schlau und gerissen war er, da, wo die Kuh war, da sollte er die Wäsche absetzen. Verdammt, da ist der dritte Sohn losgegangen. Na gut. Er ging mit dem Riesenbündel los, schwer war's, schleppte es irgendwie hin.

»Wer seinen Vater nicht lieben kann, der kann niemand lieben, oder?«

Kaum ist er da, greift die Kuh ihn an, nimmt ihn voll auf die Hörner. Noch heute hat er die Narben hier auf dem Bauch. Eine hier, die war vorher da, mit den Jahren kommt sie höher und ist schon hier oben, und andere auf dem Rücken.

»Wo sind die Narben? Zeig sie mir, ich will sie sehen, wenn sie oberhalb vom Nabel sind.«

Er hat im Leben schon viel durchgemacht! Er purzelte mit der Kuh auf die Erde, fiel in einen Graben, in einen Graben voll mit Brennesseln. Da lag er ganz mit Brennesseln bedeckt, und sie trat auf ihn, trampelte auf ihm rum und biß ihn, er rührte sich nicht, hielt sich die Arme über den Kopf, na gut. Da sah der Vater vom Haus aus, daß die Kuh irgendwas auf die Hörner nahm, er rannte los und merkte, daß es sein Kind war, das sie auf die Hörner nahm, die Kuh. Er jagte sie weg.

»Dein Vater war sehr gut, siehst du?«

Da ist der Junge auf eine Idee gekommen, er ganz allein, er hat sich vom Aufspießen erholt, na gut, nicht mal zum Arzt sind sie mit ihm gegangen, mit der Zeit kriegte er so einen Haß, so eine Unruhe, nicht?, ist er auf die Idee gekommen, die Kuh zu töten. Er hat sich gesagt, »Die Kuh bring ich um.« Sie mochte keine Menschen, sie gab Milch, viel Milch, aber griff die andern an. Gemolken wurde sie vom Vater, und beim Vater tat sie nichts.

»Du sollst mir lieber sagen, ob du deine Mutter umarmt hast oder nicht, bevor du weggegangen bist. Ich fürchte, du hast die Wahrheit total vergessen, so wie das mir einmal passiert ist.«

Beim Vater tat die Kuh nichts. Das dritte Kind redete manchmal allein vor sich hin, wie ein Verrückter, wenn es da so herumlief, sagte es, »Schon gut, schon vorbei.« Die Zeit verging, verging, so ungefähr drei bis vier Monate, er wurde gesund, und was hat er gemacht? Er ist auf den Kleiderschrank geklettert, hat sich die Pistole geholt und ist zu der Kuh gegangen, als sie auf das Kind losging, hat er ihr mitten in die Stirn geschossen, er hat die Pistole genommen und ihr – päng! – zweimal in die Stirn geschossen, die Kuh umgebracht. Da ist der Vater wie der Teufel auf ihn losgegangen, hat ihn mit dem Stock durchgeprügelt, aber die Kuh war und blieb tot. Er hatte ihn herausgefordert, und von da ab war der Vater dauernd hinter ihm her, wurde noch ungeduldiger mit ihm, eine ganze Zeit war Krieg zwischen den beiden. Dann, als er merkte, daß der Sohn stärker, ein richtiger Mann wurde, hat er ihn beiseite genommen und gesagt, »So, mein Sohn, jetzt hör mal zu. Du bist jetzt ein Mann, und wenn du deinen eigenen Weg gehen willst, kannst du das, keiner hindert dich daran.« Das heißt, der Vater hat ihn rausgeworfen, klar? »Is gut, Alter, alles klar, aber darüber entscheidet meine Mutter.« Und sie: von wegen, »Du bleibst hier, du bist unser Kind, mein und sein Kind, und du bleibst bei uns.« Der dritte war nämlich der einzige, der die Mutter in Schutz nahm, und die Mutter nahm ihn in Schutz.

»Die Mutter war an allem schuld, stimmt's?«

Der Alte hat die Kuh an den Schlachter verkauft, soweit er weiß. Als die Kuh tot war, hat er sie aufgeschnitten und an den Schlachter verkauft, damit der sie an die Leute weiterverkauft. Von dem Fleisch von der Kuh hat er auch was zum Essen mitgebracht, aber der dritte wollte nichts davon, weil er sie so gehaßt hatte, weil sie ihn fast umgebracht hatte, das kann man doch verstehen, oder?

»Die Kuh hat dich gehaßt, weil du so gemein zu ihr warst.«

Sie mochte keine Kinder, das war mit allen Kindern so, immer dasselbe. Egal, ob er oder andere. Auf den dritten hatte sie es abgesehen, weil er sie immer geprügelt hat, wenn sie angepflockt war. Er haßte sie schon, bevor sie ihn auf die Hörner genommen hatte. Der Alte pflockte sie zum Melken an, und wenn er den Eimer holen ging, prügelte er auf sie los, damit sie es kapierte, dies verdammte Vieh! Clarinha hieß die Kuh, dieses Mistvieh, gefährlich war die, wirklich gefährlich, wenn die mit ihren Hörnern losging! Wenn man nicht aufpaßte, konnte sie sogar eine Mauer wie die hier mit dem Kopf zertrümmern. Sie war furchtbar, ganz besonders schlimm, so gemein wie die war keine. Zwischen dem Vater und der Mutter gab es ein großes Problem, weil der Vater eine andere Frau hatte. Und das brachte alle in Rage. Die Frau wohnte auf dem Land, aber nicht so nah, und war jünger als die anderen Frauen, die er in der Stadt hatte. Er hatte immer jede Menge Frauen, der Vater, klar?, die hier war nicht verheiratet, und der dritte wollte helfen und die

Sache klarstellen. Seine Mutter, die kriegte das nicht raus, aber sie ahnte was. Der Sohn war immer gegen den Vater und für die Mutter, aber er hat gesagt, »Mutter, kümmern Sie sich nicht um ihn und so«, lauter solche Dinge, »Wir leben unser Leben, soll er ruhig spät nach Haus kommen, machen Sie sich nichts draus.« Er war immer ein kluger Sohn, wollte immer alles in Ordnung haben, keine Reibereien, keinen Krieg, keinen Streit im Haus.

»Aber . . .«

Kein Aber! Er hat kein Geld für eine neue Schachtel Zigaretten, und nur noch drei für den ganzen Abend. Trotzdem steckt er sich noch eine an. Er war so um die elf, damals, als er es entdeckt hat. Er hat alles gesehen, ist nach Haus gekommen und hat es der Mutter erzählt. Sie ahnte es ja, wußte es aber nicht genau. Als er es raus hatte, hat er an einem Ort, wo es keiner hören konnte, zu der Mutter gesagt, »Die Sache ist so, er hat eine andere Frau, deshalb haben Sie nicht genug Geld, verstehen Sie, weil er immerzu anderen Frauen Geld gibt, wie das so ist, Sie wissen ja, das ist wirklich eine Schande.« Der dritte Sohn hatte immer eine Menge Probleme, war immer ganz durcheinander.

»Es gibt Menschen, die mögen niemand anderen, du hast ein hartes Herz.«

Bis zu einer bestimmten Zeit war der Vater nicht hartherzig, er war sehr gut zu seiner Mutter gewesen. Dann wurde er anders, war nicht mehr so wie früher. »Jetzt ist er hartherzig«, sagte seine Mutter, er war ganz anders geworden. Aber das passierte Jahre später, der dritte Sohn erzählt nur die Wahrheit, er hat immer versucht, sie in Schutz zu nehmen, entweder so oder so, klar?, und an dem Tag, an dem er die Kuh umgebracht hat, hatte der Vater Krach mit der Mutter, weil er den dritten Sohn verprügeln wollte und sie es nicht erlaubte. Da wollte der Vater sie verprügeln. Sie ist weggelaufen, zu einer Nachbarin geflüchtet. Die hieß Dona Luísa, sie hat gesagt, »Ach, mein Gott, was ist denn los«, und so weiter, die üblichen Ratschläge, »Gehen Sie zurück, seien

Sie vernünftig.« Und, »Ich bring Sie hin, dann tut er Ihnen nichts.« Dann hat Dona Luísa sie nach Haus gebracht, klar?, die übliche Geschichte, na schön. Als sie ankamen, war der Vater sehr freundlich zu allen und so, aber der Vater war falsch, so ein falscher Kerl, ein Verräter. Als sie allein waren, ist der Vater mit einem Messer gekommen und wollte die Mutter seiner Kinder umbringen.

»Weil sie dich in Schutz genommen hatte, nur deshalb? Es hieß immer, eigentlich wäre deine Mutter diejenige gewesen, die nichts taugte, und du wärst nach ihr geschlagen.«

Da ist die Mutter rausgelaufen, es wär ihr schlecht ergangen, wenn sie nicht gelaufen wäre! Der Alte hetzte alle hoch, die Kinder, die ganze Horde, »Ich bring dich um! Ich bring dich um!« Es gab da einen Clementinenbaum, da sind sie hingelaufen und haben sich unter dem Baum versteckt, es gab viele Bäume, unter denen man sich verstecken konnte, aber unter Clementinenbäumen sind nie Schlangen, die mögen den Geruch von Clementinen nicht. Da haben die Mutter und er dann geschlafen. Aber der beste Obstbaum auf ihrem Hof war ein anderer, der stand dicht beim Haus, zu dicht. Diesen andern Baum mochte er besonders gern, lieber als alle anderen, der duftete auch und gab sogar Wasser, der stand am Kanal und spritzte einen Strahl aus den Wurzeln, er stützte sich auf zwei Ästen ab und hielt sich ordentlich fest, fiel nicht runter, die Zweige hielten ihn, wenn er sich ganz nach hinten beugte und das Wasser trank. Er hat zu seiner Mutter gesagt, der Clementinenbaum gäbe kein Wasser, falls er nachts Durst bekäme, aber der andere stand zu dicht am Haus. »Und da kann auch eine Schlange sein«, sagte die Mutter. »Ja, Mutter«, antwortete er. Sie sind nicht nach Haus gegangen, sie haben draußen geschlafen. »So, mein Kind, morgen gehen wir weg, zu deinem Großvater.« Sehr weit, verstanden?, wirklich eine ganz schöne Ecke. Über drei Stunden zu Fuß, da kam man nur zu Fuß oder auf dem Pferd hin, zu seinem Großvater, der nun schon tot ist. »Wenn es Tag wird, gehen wir zu deinem Großvater, da erzählen wir die Geschichte und bleiben da, bis alles wieder gut ist.« Aber bevor es hell wurde, wollte sie ins Haus rein und warme Sachen holen, für das Kind und sich. Da hat der Mann sie verprügelt, und als der Sohn sah, daß er sie schlug, ist er auf den Vater losgegangen und hat ihn beschimpft, der Vater hat ihn verprügelt und auch die Mutter, ein heilloses Durcheinander, bis der Tilde dazukam und sie getrennt hat, dann sind er und seine Mutter endlich abgehauen, das weiß er noch. An andere Einzelheiten erinnert nur sie sich noch. Erst eine Woche später sind sie vom Großvater zurückgekommen, der Vater kam sie holen und sagte, sie sollten zurückkommen, es wär alles gut, sie würden zu Hause fehlen, wegen der anderen Kinder, seinetwegen nicht, da sind sie zurückgegangen. »Mutter, ich werd Sie immer beschützen, das versprech ich.« Und bis heute hat er sie immer in Schutz genommen. Bei allem. Egal, was es ist. Das gehört zum Unterhalt der Familie, wie Salz kaufen, denn alles andere haben sie auf dem Hof, vom Reis bis zum Fleisch.

»Warum hast du deine Mutter mit Sie angeredet? Hattest du sie auch nicht gern?«

Bei ihm heißt es immer Sie, Senhor und Senhora, niemals du. Er hat immer Sie gesagt, von klein auf. Das tut er heute noch. Zu seiner Zeit war das so. Heutzutage ist alles anders, heute heißt es du, sonst nichts, oder ein Schimpfwort. Aber der Vater hatte den dritten Sohn auf dem Kieker, einmal kam eine Tante und hörte, wie ihre Schwester Carminha sich beklagte, »Es ist furchtbar, der Astolfo setzt dem kleinen Josemar fürchterlich zu, und ich muß dem Jungen dauernd Prügel verpassen, ich weiß nicht, was los ist, ich mach mir Sorgen um ihn, der Junge ist schon zwölf, eines Tages bringen die sich noch um.« Und die Tante sagte, sie würde ihn für eine Zeit mit nach Rio nehmen, nach Coelho da Rocha, Bundesstaat Rio. Da hat sie ihn mitgenommen, klar? Bei der Ankunft, als er merkte, daß es Rio war, hat er gestaunt, so viele Lichter auf einmal und so was alles, alles ganz anders. Die Lichter hatten lauter verschiedene Farben, so was hatte er noch nie gesehen! Rote, blaue, jede Menge Lichter. Da wußte er gleich, daß er da bleiben wollte. »Das ist genau die Arbeit, die ich machen will! Und keine andere, auf keinen Fall!« Strom mochte er schon immer gern, also hat er sich die Lichter angesehen und so. Er ist nämlich nachts so gegen vier angekommen, hat sich alles angesehen, nicht?, keine Sekunde geschlafen, er mußte doch alles genau sehen. Meist fährt er heute noch einen ganzen Tag, eine ganze Nacht im Bus und schläft keine Sekunde, nur damit er alles Neue sieht, was da so kommt, klar? Die Tante hat ihn mitgenommen, und dann ist er dageblieben, fertig. Obwohl er am liebsten wieder nach Haus wollte, auch zu Fuß. Er wollte unbedingt wieder weg von da, aber die Tante ließ ihn nicht, sie hat ihm keine Moneten gegeben und ihn nicht aus dem Haus gelassen, klar? Und dann hat er bei der Tante auch noch gehungert. Sie war so eine Bibeltreue, und das Essen wird bei ihr noch heute eingeteilt. Sie gehörte zu einer Sekte, der »Gemeinde Gottes«. Und das Essen wurde also supergenau eingeteilt, ganz wenig gab es, und er hatte wirklich Hunger. Er war ja an das Leben auf dem Land gewöhnt, da hat er ziemlich viel gegessen, nicht?, und dann kam da so ein kleiner Teller mit fast nichts drauf, da hat er zu ihr gesagt, »Also . . .«, aber er war ja nie einer, der sich beschwert, nicht?, also ließ er es gut sein, später ging er dann raus und kaufte sich eine Riesenstange Weißbrot und aß sie, na gut. Deshalb mag er heute kein Brot. Die Tante sagte, »Du ißt immer Brot, iß das Essen«, »Ich eß das Essen, Tante«, und so weiter. Fünf Jahre ist er bei ihr geblieben und hat jede Stunde gezählt, weil es immer eine weniger war, bis er Dona Carminha ordentlich in den Arm nehmen konnte. Aber er schwor sich, er würde erst nach Hause zurückgehen, wenn er ein eigenes Auto hätte. Da hat er angefangen, als Maurer zu arbeiten, als Hilfsmaurer, denn von Strom verstand er ja nichts. Und als er sechzehn war, hat er es nicht mehr ausgehalten, er mußte nach Hause.

»Sie dagegen hatte es sehr gut ohne dich ausgehalten, sie hat ihr drittes Kind nicht mal mehr erkannt.«

Sie sah eine Staubwolke auf dem Weg, der am Hof vorbeiführte, sie säte gerade irgend etwas mit der ältesten Tochter, sie säten Salat, »Was ist das, Kind, ein Unwetter?«, »Nein, da kommt ein Auto, Senhora, ein Maverick«, »Wer kommt denn da, Kind?«, »Ich weiß nicht, Senhora, das Gesicht kann ich auf die Entfernung nicht erkennen, aber neue Kleider hat er, und sein Parfüm kann ich auch schon riechen, es duftet wunderbar, viel besser noch als der Baum, der Wasser gibt«, »Kind, der wird uns auslachen, weil wir arm sind, oder was meinst du?«, »Ich weiß nicht, Senhora, vielleicht fährt der junge Mann da auch mit vollem Tempo vorbei, hier anhalten, das tut der nicht.«

Drittes Kapitel

Er besah sich im Fenster der Bar, lange Haare bis auf die Schultern, Bart, sehr flott, piekfein, ganz in seinem Element. Er war von weit her gekommen, nach Cocotá, nach einer sehr langen Fahrt. Und genau an diesem Tag sah er sie zum ersten Mal. Gegen Viertel nach elf sah er sie vorbeigehen, das war genau zu sehen auf seiner vergoldeten Armbanduhr, das Armband auch aus Metall, aber nur versilbert. Sie sah auf die Uhr, so eine hatten nicht viele in der Stadt.
»Los! Aufstehen! Zeit, zur Arbeit zu gehen. Und die Fahrt ins Zentrum von Rio dauert fast zwei Stunden.«
Er machte sich sofort an sie ran, machte »Pst!« Sie sah ihn an und so, er pfiff noch mal, aber sie, jung wie sie war, bekam es mit der Angst und ging schnell weg. Sie verschwand. Sie ging nach Hause und so. Damals war es sein Traum, ein Auto zu haben, da hat er sich einen Gordini gekauft, das war damals das Modeauto, diese niedrigen Autos, so eins. Er hat damals den Gordini gekauft, weil der nicht viertausendfünfhundert Réis, sondern vierhundertfünfzig kostete. So ist er also da mit dem Auto aufgetaucht, klar? Nachdem er jahrelang weg gewesen war, Vollbart, lange Mähne, die war wirklich lang. Die Mutter erkannte ihn nicht. Er kam also an, klatschte in die Hände, da auf dem Hof seiner Mutter, da sagte sie, »Also, die Sache ist so, ich habe einen Sohn, der so heißt, aber Sie sind für mich ein Fremder.« Dann holte die Mutter seine Schwestern. Die Schwestern kamen, und dann hat er mit der Mutter geredet, nur mit ihr, so ungefähr anderthalb Stunden, vielleicht erkannte seine Mutter ihn ja doch noch, aber sie hat ihn nicht erkannt. Da zeigte er ihr ein Foto, »Senhora, können Sie sich an dieses Foto erinnern? Damals war ich noch keine zehn Jahre alt«, »Ach, und wie ich mich erinnere! Du bist mein Sohn.« Da sagte er, »Na also, Alte, ist das nicht toll, Alte, was? Schon gut, ich nehm's Ihnen nicht übel«, hat er

gesagt, und die Mutter hat ihn in die Arme genommen, geküßt, wie das eben so ist, sich ihm an den Hals gehängt. »Jetzt reicht es! Steh auf und geh zur Arbeit! Schluß jetzt mit Mama hier, Mama da, wie ein Kleinkind.«

Zu der Zeit hatte er aber schon das Mädchen, die Maria da Glória, auf der Straße getroffen, da hatte das mit ihr angefangen. Er mit seinem Bart ging zum Friseur, der ihm die Haare machte, jeden Tag massierte er ihn und so weiter, wenn er in die Stadt geht, ist der Treffpunkt da, beim Friseur, er kam also an, sie ging vorüber und er fragte, »Wer ist denn die hübsche Kleine?« Und der Friseur sagte, »Das ist Maria da Glória Rossi, Tochter vom Pino«, und so weiter, klar? Jung war sie, aber groß, wirklich kräftig, bildhübsch, schon mit richtigen Brüsten, zwölf war sie schon. Schön lange blonde Haare, weiße Haut, auf den Wangen kräftige Farbe von dem Blut, das schon allmählich in Hitze kam, und eines Tages würde es kochen und womöglich ganz überkochen? Er hat zu ihr gesagt, »Hör mal, Kleine, du, ich muß mit dir reden.« Sie hat nur gelacht, so ein bißchen hilflos, und er hat sie bedrängt, nicht?, da ist sie mit drei oder vier Freundinnen weggegangen. »Mist! Was mach ich denn nun?« hat er den Friseur gefragt. »Was soll ich machen, damit ich das Mädchen wiedersehe?« »Stell dich so um halb acht, acht da auf den Platz, da macht sie meistens ihre Runden. Vielleicht hat ihr diese Art gleich gefallen, dann könnte sie sich vor dir wie ein Fallschirm öffnen«, sagte der Friseur, »da kannst du sie treffen.« Na schön, da ist er zum Hof rausgefahren. »Du bist ja jetzt ein toller Kerl mit deiner Mähne, ein Superplayboy, du kriegst noch alle Mädchen rum«, sagte der Friseur, und da war er schon rasiert und gekämmt, war sogar seinem Foto ähnlich. Und das erste Mädchen, das er so um halb sieben auf dem Platz sah, war sie. Sie bummelte rum, so ganz allein, setzte sich auf eine Bank, da ist er zu ihr hingegangen, nicht?, aber als er näher kam, ist sie weggelaufen, aus Angst, die Eltern könnten es sehen, die übliche Geschichte. Er hat sich gesagt,

»Ich mach es so: Ich laß ihr Zeit, damit sie mir ein Zeichen geben kann.« Also hat er ihr Zeit gelassen. Ist in die Kneipe gegangen, hat ein Bier getrunken, in aller Ruhe, dann kamen ein paar Freundinnen, da hat sie einen Zettel geschrieben und ihm geschickt, sie würde gern mit ihm reden, aber sie hätte Angst vor ihren Eltern, nicht? Sie wollte mit ihm reden, mal ein paar Worte wechseln, aber hätte Angst, die Eltern könnten es sehen und sie schlagen. Das schrieb sie auf dem Zettel, den sie ihm geschickt hat. Er hat ihn gelesen, das war ja der Sinn der Sache. Aber dann war der Tag vorbei, na gut. Da hat er es nicht mehr ausgehalten, »Ich muß sie zum Reden bringen, verdammt! Geht sie zur Schule?« fragte er den Friseur. »Sie kommt hier ungefähr um halb zwölf vorbei, so um die Zeit.« Am nächsten Tag kam sie um halb zwölf vorbei. Da redete er vor sich hin, wie Verrückte das machen, »Ich geb nicht auf, bis ich nicht ordentlich mit ihr reden kann, ich will ihre Stimme hören.« Als sie auftauchte, sagte sie, »Na?«, und – zack!! – war er da und fing sie ab, »Hör zu, Mädchen, die Sache ist so, ich hab deinen Brief bekommen, ich finde, unsere Eltern können nicht verhindern, daß wir uns mögen. Mein Vater jedenfalls kann das nicht, und deiner, glaub ich, auch nicht. Wenn's irgendein Problem ist, geh ich hin zu ihm, rede mit ihm, daß du mir gefällst, verdammt, ich will mit dir reden, und das gibt kein Problem, so.« Sie sagte geradeheraus, »Das traust du dich wirklich?«, und er, »Klar trau ich mich das. Wer ist dein Vater? Ich geh zu ihm.« Sie, »Nein, tu das nicht, um Himmels willen!« Und dann kam der Donnerstag, da gab es immer Musik in dem Park, der weiter weg lag, und an dem Tag in dem Park, das weiß er noch, da hatte sie einen weißen Rock und ein rosa Oberteil an, 'ne rosa Bluse. Als die Sache dann losging, unterhielt er sich mit anderen Typen, alles schön und gut. Und dann wurde für ihn ein Stück von Roberto Carlos gespielt, der Typ im Lautsprecher hat gesagt, »Eine junge Dame in Weiß und Rosa widmet dieses Lied einem jungen Mann mit braunen Haaren, braunen

Augen, heller Haut, ganz weiß gekleidet, schwarze Schuhe und Armbanduhr.« Im Park mit dem Spielplatz für Kinder, mit Schaukeln und Rutschen und so. So haben sie angefangen. Sie haben geflirtet und geflirtet und haben sich getroffen, wenn sie aus der Schule kam, heimlich, nicht?
»Es gab einen Hauptplatz und einen anderen, der war dunkler.«
Der Hauptplatz ist viereckig, viele Blumen, Brunnen mit Fontänen, viel Neonlicht unten, das gab's noch nicht, als er klein war, ein ganz toller Platz. Der andere ist genau gegenüber von dem Gymnasium, in das sie damals ging, richtig schön asphaltierter Bürgersteig, Rosen, viele Brunnen, ein hübscher kleiner See, viele Blumen gibt's da auf dem dunkleren Platz, stimmt's? Auf der anderen Seite fließt ein Fluß vorbei, der Cocotá, ein unheimlich großer Fluß, sehr schön, mit lauter Bäumen und so was, und das Gymnasium ist auch sehr schön, solide gebaut, ganz modern, nicht?, damals jedenfalls. Und er war immer die ganze Zeit hinter ihr her, nicht? Na gut. Bis zu ihr nach Haus, das müssen so zwei Kilometer gewesen sein, unterwegs kamen sie am Kino vorbei, den beiden Clubs, durch die Hauptstraßen der Stadt voll mit Häusern, Apotheken, Drogerien, Geschäften, sie ging immer weiter, und er immer hinter ihr her.
»Bist du neben oder hinter mir gegangen?«
Neben ihr und manchmal hinter ihr. Anfangs hinter ihr, später dann neben ihr, als sie sich schon mehr an ihn gewöhnt hatte, »Mädchen, das Problem ist, lauf nicht vor, geh langsamer, ich will dich ansehen.« Dann haben sie damit angefangen, sich auch bei diesen Gymnastikstunden zu treffen, heimlich abends an der dunklen Straßenecke. Sie kam direkt von zu Hause, um mit ihm zu reden, sie war ganz verrückt danach. Auch dann, wenn gar keine Gymnastik war.
»Du siehst im Spiegel schlecht aus, du siehst müde aus, hast schlecht geschlafen, warum bist du dauernd aufgewacht?«
In der Nacht hat er nicht gut geschlafen. Er ist eingeschlafen,

aufgewacht, wieder eingeschlafen, wieder aufgewacht, hat nachgedacht, so was kommt vor, nicht?, manchmal hat er daran gedacht, wann er mit diesen verdammten Arbeiten, die er schon angefangen hatte, fertig würde, damit er etwas ruhiger würde, nicht?, mehr Zeit für andere Dinge haben, lauter solche Dinge; einer Frau hat er einen Kostenvoranschlag für ein neues Badezimmer in einer alten Wohnung gemacht, und als er eine Wand eingerissen hat, ist ein Rohr zum Vorschein gekommen, von dem er nichts gewußt hat, das Rohr ist kaputtgegangen, und die Sache ist teurer geworden, aber die Wohnungsbesitzerin will nicht zahlen. Und in dem anderen Gebäude war es noch schlimmer; da hat er mit seinem Gehilfen ein Fenster vergrößert. Aber sie hatten keine Genehmigung vom Syndikus des Gebäudes, und der Kerl hat gesagt, »Wie kann nur einer, der schon seit Jahren in der Branche arbeitet, einfach vergessen, sich um die Erlaubnis zu kümmern?« Und als er den Kostenvoranschlag gemacht hat, kostete das Material soundso viel, und jetzt kostet es mehr, Scheißinflation, zum Schluß muß er noch aus seiner eigenen Tasche zubuttern. Und die Mutter ist krank, wenn sie nicht gesund wird, muß sie zu einem anderen Arzt gehen, und wenn sie dann nicht gesund wird, muß sie die andere teurere Behandlung machen, und das einzige, was er zu verkaufen hat, ist dies Haus. Er hat die ganze Nacht schlecht geschlafen, und jetzt muß er zur Arbeit gehen.

»Wenn du nicht arbeiten müßtest, könntest du liegenbleiben und versuchen, dich etwas auszuruhen.«

Wenn er einschliefe, würde er wieder hochschrecken, zu viele Sorgen.

»Aber es wäre gut, wenn du dich wenigstens noch eine Stunde ausruhen würdest.«

Die Frau mit der alten Wohnung wartet mit einem überschwemmten Badezimmer und einem Rohrbruch auf ihn.

»Du könntest ihr erzählen, der Bus sei unterwegs eine Stunde stehengeblieben.«

Er wacht nachts auf und denkt, daß er aus der eigenen

Tasche zubuttern muß, wenn er diese Scheißarbeiten fertigmachen soll.
»Denk nicht daran, wie wir das letzte Mal zusammen waren, das tut dir auch nicht gut.«
Zu ihren Eltern sagte sie immer, sie ginge zu ihren Kusinen, sie hatte eine Menge Verwandte, stimmt's?, so war das. Eines Tages, als sie kam, hat er damit angefangen, »Hör zu, Mädchen, ich halt das nicht mehr aus, wenn du die Karten auf den Tisch legen und alles aufdecken willst, keine Geheimnisse mehr vor deinem Vater und deiner Mutter, dann ist das kein Problem, ich geh hin zu ihnen und rede mit ihnen.« Und eines Tages, da hat sie ihn ihrer Mutter gezeigt, sie ging mit ihrer Mutter eingehakt vorbei, »Der Junge da drüben, das ist er.« Da hat die Mutter sie geknufft und er hat das gemerkt, dann hat die Mutter ihm zugelächelt, und er hat zu sich selbst gesagt, wie ein Verrückter, »He, wenn ihre Mutter schon geguckt und gelächelt hat, ist alles okay, oder? Wenn sie was dagegen gehabt hätte, hätte sie ein saures Gesicht gemacht, oder?« Dann sind sie vorbeigegangen, haben sich aber nicht umgedreht und kein Wort zu ihm gesagt. Sie sind weggegangen. Verschwunden. Er konnte sie nicht mehr sehen. Aber er hat sich da auf die Lauer gestellt, nicht?, und als es so auf zehn Uhr abends zuging, die Stadt war schon ziemlich ruhig, da sind die beiden auf dem Weg nach Haus wieder vorbeigekommen. Er hat zu sich selbst gesagt, »Mensch, da kommen sie ja, die beiden, ich geh hin.«
»Wo war ich mit meiner Mutter hingegangen?«
Sie waren eine Tante von ihr, die krank war, besuchen gegangen, in einer anderen Straße, die er nicht kannte, richtig?, damals kam er nie in diese Straßen mit den besseren Häusern. Sie kam mit ihrer Mutter, er wartete da, das Auto geparkt, er daneben, das Radio im Maverick an, er sagte, »So, ich geh hin.« Er in dieser Verfassung, er hat gedacht, »Ich geh hin zu ihr, rede mit ihr, mit der Mutter und so, ich reg mich nicht auf, wenn es Krach gibt, na gut, wenn nicht,

dann eben nicht.« Als sie dann so direkt vor ihm vorbeiging, hat sie sich dicht an den Arm von ihrer Mutter gedrückt, aus Angst, er könnte sie ansprechen, nicht?, und er ist wirklich hingegangen, »Guten Abend, Senhora, wie geht es Ihnen?« Das hat er gesagt und ihr die Hand gegeben. Ganz mutig hat er sich vorgestellt, »Josemar, zu Diensten.« Da trafen sie sich schon seit ungefähr eineinhalb Monaten, aber die Tochter gefiel ihm wirklich und er wollte ganz klarmachen, daß er schon mit ihr redete und keinen Schweinkram wollte, o nein, »Wenn Sie gestatten, Senhora, ich meine, es ist so und so, ja, genau so ist es, Ihre Tochter, Senhora, ist noch sehr jung, aber sehen Sie, sie trägt schon das Haar wie ein junges Mädchen, sie ist schon groß und hat so schönes Haar wie ihre Mutter, das sehe ich erst jetzt. Ich bin auch noch jung, aber sehr intelligent, Senhora, später können Sie dann meine Schwiegermutter werden und ich Ihr Schwiegersohn, so«, hat er gesagt, da war ihre Mutter ganz überrumpelt.
»Hat dir meine Mutter gefallen?«
Sehr sogar, er war ganz weg von ihr. Die Mutter hat zu ihm gesagt, »Na schön, jetzt weiß ich Bescheid, ich hab es gehört, aber was meinen Mann betrifft, da hab ich noch nichts gehört.« Die Tochter sah sie nur an, »Aber wenn ich euch beide zusammen sehe, zieh ich ihr den Riemen über.« Sie sagte, sie würde ihr den Riemen überziehen, sie mit dem Gürtel schlagen. Nur zum Spaß, ihre Mutter war nämlich in Ordnung, »Also, von meiner Seite ist das kein Problem. Das Problem ist ihr Vater. Ihr könnt zusammen gehen, euch treffen, heimlich vor dem Vater. Das ist das einzige, was ich für meine schöne Tochter tun kann, die ich so liebe«, hat die Mutter zu ihm gesagt. Und dann hat er gesagt, »Senhora, wenn Sie es schon erlauben, könnte ich dann vielleicht zu Ihrem Gatten gehen, der in diesem Fall ihr Vater ist, und mit ihm sprechen?« Sie hat nein gesagt, besser nicht, »Er ist nämlich ziemlich aufbrausend, kann sein, daß er nein sagt und sogar grob zu dir wird.« Ein paar Tage vergingen, und er sah Maria da Glória nicht, bis sie an der Schultür mit

kurzen Haaren erschien, »Meine Mutter wollte, daß ich sie abschneide, wie die anderen Mädchen in meinem Alter.« Zu dem Zeitpunkt, da hat sich das Problem mit dem Fußball ergeben, weil am Sonntag darauf ein wichtiges Spiel war. Er trug sich in die Mannschaftsliste ein, um bei der Meisterschaft mitzumachen, und der Alte war einer der Trainer der Mannschaft, also der Vater von ihr, richtig?, einer von denen, die die Mannschaft aufstellen, die auf den Platz geht, er vergötterte diese Mannschaft. Da wurde, verdammt, ein Schild aufgehängt, »Heute erstmalig Josemar Ferreira«, im Fußballteam vom Sportclub Cocotá. Die Leute kannten ihn nicht, oder?, kein Mensch kannte ihn damals. Seine Kindheit hatte er da verbracht, aber er war schon vor Jahren von da weg. Er hat am Mittwoch und Donnerstag trainiert, und am Sonntag sollte er in der ersten Aufstellung der Mannschaft eingesetzt werden.
»Das ist nicht wahr. In der Stadt haben sie keine Leute vom Land in ihre Mannschaft aufgenommen.«
Die fanden, daß er ein großartiger Sportler war. Sie fanden, er wär einer der besten Sportler, die man je in der Stadt, in der Mannschaft erlebt hätte. Er sagte, er hätte immer in andren Mannschaften, in anderen Clubs, in den großen Städten gespielt. Der Alte, er persönlich, ihr Vater, zu der Zeit wußte der noch von nichts, also ihr Vater hat zu ihm in dem Augenblick gesagt, als er auf das Feld sollte, »Paß auf, du spielst schön offen, Linksaußen ganz am Rand vom Spielfeld, so hab ich das gern, du hast genau das, was ich beim Fußball liebe.« Aber er wußte nicht, daß seine Tochter jemand gern hatte, das wußte der Alte zu der Zeit nicht. Er spielte also so auf dem Platz, und die Leute, die gesehen hatten, wie er sie zur Schule und nach Haus brachte und auf den Plätzen mit ihr redete, die riefen, als er an den Ball ging, »Der da ist der Schwiegersohn vom Rossi, dem Trainer.« Verdammt, da packte es den Alten, »Verdammt! Kann das sein, daß der Kerl da meine Tochter liebt und ich weiß von nichts?« Und so weiter. Als das Spiel zu Ende war, an dem

Tag hat er drei Tore geschossen, da war er das große As der Mannschaft, stimmt's? Verdammter Scheiß, der da ist der Schwiegersohn vom alten Rossi, diese Lümmel, verflucht, die ganze Meute hat ihn angemacht. Da kriegte der Alte es mit, als es dann Abend war, nach dem Spiel und so weiter, großes Umarmen in der Kneipe, das ganze Publikum, alle Mann kamen zum besten Spieler, »Tja, hast du gemerkt, wie die Leute sich über mich lustig gemacht haben, wie sie gesagt haben, du wärst mein Schwiegersohn und was weiß ich noch?« Der Alte wußte nicht, daß das As schon seit langem mit ihr redete. Da war dann die Gelegenheit für ihn, daß er tatsächlich zum Alten sagte, »Ihre Tochter ... wie sieht die aus? Ist das vielleicht eine kleine Blonde, mit hübschen goldenen Ohrringen, so winzigkleinen wie bei Babys?« Da hat der Vater gesagt, »Ja, blond ist sie, früher hatte sie lange Haare, jetzt sind sie abgeschnitten.« Er hat gesagt, »Wissen Sie was, Senhor, ich will offen zu Ihnen sein, es ist so, ja, es ist wirklich so, daß ich Ihre Tochter liebe, ich liebe sie, sie ist ein wunderbares Mädchen.« Er hat ganz offen mit ihrem Vater geredet. Und der Vater, »Oh! Vielen Dank«, und so, hat ihm die Hand gegeben, der übliche Kram, und er hat nicht den Mut gehabt, aber er hätte ihn gern ordentlich in den Arm genommen, ihm einen tüchtigen Kuß auf die Stirn gedrückt, den Alten kräftig in den Arm genommen, daß ihm die Rippen brechen, obwohl der Alte verdammt stark war, so ein verdammter Italiener, aber er hat ihm die Hand gegeben, und der Alte hat sie nicht verschmäht. Da, na gut, »Du bleibst jetzt hier in der Gegend, vielleicht bleibst du ja ganz hier, was weiß ich, verstehst du? Hier in der Mannschaft.« Und er hat gesagt, »Ich könnte vielleicht bleiben, kommt auf die Bedingungen an«, hat er gesagt, »weil, ich mag Ihre Tochter, ich weiß nicht, Sie sind einer von denen, die beim Fußball was zu sagen haben«, »Dann ist ja alles klar, nicht?« hat der Vater gesagt, und er, »Tja, na schön, prima, ich bin nicht hergekommen, um Geld zu verdienen, ich will nur Fußball spielen, weil mein Vater hier wohnt, Sie sind ein Freund von meinem Vater, wirklich, Sie waren schon immer ein Freund von meinem Vater, stimmt's?« Weil nämlich sein Vater der Astolfo ist, der auf dem Hof arbeitet, mit Dona Carminha verheiratet, und er solle doch nicht glauben, was die Leute sagen, weil er heller ist, sagen sie, in Wirklichkeit wär er gar nicht der Sohn von seinem Vater.

»Sprich nicht darüber mit meinem Vater, die Leute, die älter sind als wir, wissen mehr.«

Das As läßt sich nicht den Mund verbieten, dieser Alte, verdammt, der soll ihm nicht dumm kommen, verdammt, sonst kriegt er es zurück.

»Werd doch nicht so böse, weißt du was?, ich hatte noch nie einen so hübschen Jungen und mit so langen Haaren gesehen.«

Er ist neunundsechzig aus Rio gekommen, und in diesem Kaff hatte sich noch keiner die Haare wachsen lassen.

»Der Fazendeiro, dem das Land gehörte, war der schönste Mann, den ich je gesehen hatte, er hatte keine langen Haare, er trug einen weißen Hut mit breiter Krempe.«

Aber dann hat sie ihn auf dem Platz gesehen, er wurde das As der Mannschaft, der beste Spieler im Club. Da hat sie sich in den Jüngeren verguckt.

»Ja. Weil der Jüngere dem Großgrundbesitzer sehr ähnlich sah.«

Sie hat sich in den Jüngeren verguckt.

»In den Jüngeren, weil er lange Haare und einen schönen Bart hat.«

Nach dem Spiel an dem Nachmittag, wo alle so zufrieden waren, er und ihr Vater, danach gab's allerhand Feste auf dem Land, im Wochenendhaus von Freunden von ihren Eltern, alle gingen zu Fuß über die Landstraßen, es ging zum Fest, die ganze Nacht wurde getrunken, Bier und so, sie gingen über die großen Güter, durch den Busch, viel angepflanzt und gut gewachsen, er, sie, ihre Mutter, die ganze Familie, der Vater, Geschwister, alle Mann. Ein riesiges Familienunternehmen, nicht?, eine tolle Sache. Das weiß er noch. Das war am Anfang.

»Du wolltest einmal mit meiner Familie mit aufs Land, aber sie wollten nicht.«

Er hat sie gebeten, ihre Haare wieder wachsen zu lassen. Abends bei den Festen auf dem Land war nichts mit Anzug und Krawatte, nicht auf dem Land, hauptsächlich Bermudas, Shorts und so, der Körper schön frei, ganz locker, stimmt's? Aber es war Abend.

»Und was konnte da passieren?«

Ihm gefielen diese Feste, er fand sie toll, aber abends sieht man nicht viel, und außerdem vergißt man leichter, weil man nicht alles ganz deutlich gesehen hat. Da kann man sich nicht so gut erinnern. Deshalb hat er sie einmal morgens mit aufs Land genommen, sie beide allein, zu Hause sagte sie, sie ginge in die Schule.

»Auf dem Land hab ich Angst, da kann es Schlangen geben, mein Vater hört es, wenn eine kommt.«

Er überredete sie, mit ihm allein zum Vogelfangen zu fahren. Die Vögel mögen sie, weil sie sie gut behandelt, stimmt's?, sie tut viel Futter in den Käfig, und wenn sie sie mal freiläßt, sind sie nach zwei Wochen wieder da. Vögel mögen das, wenn man sie so behandelt, so gut. Und um die Pflanzen hat sie sich auch sehr gekümmert, sie begossen, frühmorgens und vor Sonnenuntergang, weil die Sonne sie zu sehr erhitzt hatte, und ohne Wasser wären sie vertrocknet. Und reiten tat sie auch gern, sie hatte Pferde sehr gern. Sie fing die Pferde ein, ritt los und so, manchmal fiel sie runter, zerkratzte sich ein bißchen das Gesicht. Aber die Tiere mochten sie.

»Hat nie ein Tier mir was getan?«

Nur Kühe, die mögen keine Frauen und auch keine Kinder. Wenn eine Kuh nur eine Frau sieht, will sie gleich drauflos und ausschlagen. Deshalb kam sie auch nie mit 'ner wilden Kuh zurecht, da raste sie immer los, wenn sie eine Kuh sah, haute sie ab.

»Und die männlichen Tiere? Hat mir nie eins was getan?«
Soweit er sich erinnern kann, nicht. Das einzige männliche Tier, das war er. Und er hat ihr was getan.
»Warum?«
Er wollte sie bumsen, erbarmungslos. Und die Frau, auch wenn sie es anschließend bereut, ist es zu spät, dann ist sie auf den Geschmack gekommen, ist verloren, dann wartet sie nur noch darauf, daß der Mann wiederkommt und sie wieder bumst.
»Nein, du hast mir nichts Böses getan, das ist nicht wahr.«
Doch! Verdammt! Und als er sie dann erst mal auf den Geschmack gebracht hatte, ließ er sie warten, weil er wußte, es gab nur eins, sie mußte warten, darauf warten, daß er wiederkam und sie bumste, wann ihm grad danach war. Nachdem er bei seinen anderen Frauen gewesen war. Er hat immer jede Menge Frauen gehabt, klar?, unverheiratete, verheiratete, was er wollte. Untereinander kriegten sie nicht raus, was los war, aber sie ahnten was, und dann bestrafte er sie damit, bis sie nicht mehr konnten, bis sie vor Lust und Schmerzen hüpften.
»Ich kann mich nicht erinnern, daß ich so eine Lust gespürt habe, auch nicht so einen Schmerz. Aber ich weiß noch, daß der Großgrundbesitzer, wenn er an unserm Haus vorbeikam, den Hut zog und mich grüßte, und dann dachte ich immer, daß du noch besser aussiehst als er. Und ich wollte dir einen Hut schenken, damit du ihn ziehen könntest, wenn du an unserm Haus vorbeikämst, damit du die ganze Familie grüßen könntest.«
Sie nahmen eine Decke, Matratze mit, alles mit in den Busch, sogar Kissen. Sie wollten den Tag im Busch verbringen, stimmt's?, das war super, oder?, keiner konnte was sehen. Das lag weit ab, da kommt fast nie jemand hin. Man geht in den Busch rein, und keiner sieht einen mehr, weg, futsch. Richtig dichter Busch da. Er ist jetzt sogar an der Stelle vorbeigekommen, das letzte Mal, als er nach Cocotá

gefahren ist. Da ging das schon lange mit ihnen, so ungefähr eineinhalb Jahre haben sie nur geredet. Sogar ihre Mutter hat bei diesem letzten Besuch gesagt, »Meine Güte, ihr wart schon so lange zusammen, oder? Wie das war? Von dem Augenblick an, wo du mit ihr Schluß gemacht hast, ist hier im Haus alles anders geworden.« Sie hat gesagt, nachdem er weg war, war alles aus, für sie beide, klar?, die Mutter geht nicht mehr spazieren, geht nicht mehr aus, bleibt nur im Haus und paßt auf die Tochter auf. Weil die Tochter es genauso macht, jetzt ist sie fromm geworden, sitzt immer nur in der Kirche, diese Geschichte, nicht? Betet für sich, daß sie keinen Anfall kriegt, und dann klammert sie sich an der Wand fest, wegen der Nerven. Sie geht nicht mehr aus dem Haus, geht nicht zum Tanzen, zu keinem Fest, nirgends mehr hin.

»Aber an dem Tag bin ich aufs Land gefahren, statt in die Schule zu gehen, ja? Ist das wirklich wahr?«

Sie blieben den ganzen Tag zusammen, es wurde schon fast dunkel, lagen unter den Bäumen, auf der Erde, auf Gras und Laub, sie hatten einen Haufen Blätter zusammengetragen. So war das: Vorher hatten sie sich etwas gezankt, »Wenn du es nicht mit mir machst, mach ich mit dir Schluß«, Druck machen, nicht? Da saß sie ganz schön in der Klemme, »Und wie geht das?«, sie saß in der Klemme, »Da draußen im Busch erklär ich's dir.« Dann hat sie sich langsam geöffnet, das Dings war ganz schön zäh, nicht?

»Da ist es dann endgültig passiert, im Busch?«

Himmelarsch! Das war nicht einfach, er hat sich überall weh getan und ihr auch. Da im Busch. Dann haben sie aufgehört. Ungefähr fünf Tage später haben sie wieder angefangen, wieder auf dem Gras.

»Aber das erste Mal, das war wirklich da auf dem Gras?«

Er überredete sie, mit ihm allein aufs Land zu fahren, er hatte verdammt lange gewartet, verflucht noch mal, zum ersten Mal allein, nicht? Zu Hause sagte sie, sie ginge in die Schule, so wie jeden Tag.

»Wohin fahren wir? Wie ist dieser Schmerz? Ich weiß nicht, wie das ist.«
Er sagte, »Da draußen erklär ich's dir, da kannst du jede Menge Blumen pflücken.« Sie liebte Blumen über alles, Rosen, Margeriten, Dahlien, Sonnenblumen, große Sonnenblumen, je größer, um so besser.
»Und was machte ich mit den Blumen?«
Meist stellte sie sie in einer Vase auf den Tisch, ans Kopfende vom Bett, glaubt er, neben den Fernseher. Sie fragte, »Warum mag ich sie so?«, und er sagte, »Das, also das weiß ich nicht, das sind Frauengeheimnisse, Frauen mögen meist solche Sachen, Blumen und so, das mögen die immer.«
»Warum mögen Frauen das mehr als Männer?«
Sie sind schön. Du siehst da ein paar Blumen und sagst, »Diese Blumen da wachsen wirklich sehr schön, und bald blühen sie!« Normalerweise, na gut, da freuen die Leute sich und gehen weiter, Feinde sind der Kolibri und die Bienen. Die Biene öffnet meist die Blüten und holt den Honig raus, der Kolibri macht das auch, genau dasselbe. Er vernascht die Blüte, bumst richtig mit ihr. Saugt ihren Saft aus. Die Blüte stirbt, wenn sie eigentlich zehn Tage halten soll, hält sie nur drei oder vier, klar?, normalerweise lutscht er die Blüte, vernascht alles. Die Freunde der Blumen sind die Sonne, ein bißchen vormittags, und das Wasser. Blüten an einem Baum, im Garten, die begießen die Frauen jeden Tag. Und wenn es eine Blüte im Wald ist, wartet sie auf den Tau am frühen Morgen, nicht? Sein Auto war morgens immer so, ganz feucht, vom Tau von den Feldern.

»Du bist wieder eingeschlafen. Vor ein paar Minuten habe ich dich geweckt, und du hast mich überhaupt nicht bemerkt.«

Er wollte immer, daß sie ihn festhielt, ordentlich fest, mit ihrer kleinen Hand.

»Es reicht!«

Und sie hielt ihn immer, sogar bei ihr zu Haus, sie hielt ihn immer, drückte richtig gut, diesen Schlingel, nicht? Da faßte er an ihre Brüste, rieb sie so, machte eine ganze Massage, sie wurde ganz wild, bis sie stöhnte und quietschte. Sie sagte, »Hmm! Hah! Hmm! Ah! Oh, wie gut! Oh, wie ist mein Schatz gut zu mir!« Alles so was sagte sie.

»Das stimmt alles, aber das ist schon ewig her, und die Zeiten haben sich geändert, wir müssen von etwas anderem reden.«

Sie steckte ihm die Hand in die Hose und holte alles raus. Sie sollte auch lecken, klar?, aber das hat sie nie gemacht. Sie sagte nein. Er sagte immer, »Leck schon, das ist überhaupt nicht gefährlich«, und so, »Leck, das gehört mit zur Liebe.« Aber sie sagte, »Nein, das mach ich nicht«, das wollte sie auf keinen Fall. Nicht mal einen kleinen Kuß hat sie ihm gegeben, »Gib dem Stengel einen Kuß.« Den Mund von ihrem Freund hat sie viel geküßt, aber seinen Stengel nie. Sie sagte nein, »Das macht eine Frau nicht.« Auch jetzt nicht? Wenn es jetzt wär, dann würde sie's vielleicht machen. Jetzt lecken die Frauen gern einen Knüppel. Die Zeiten haben sich geändert. Sie glaubte sehr an ihn, er sagte immer zu ihr, er würde sie heiraten und so, damit sie nicht an ihm zweifelte, »Glaubst du alles, was ich dir erzähl, mein Schatz?«, und sie ließ sich drauf ein, nicht?, sagte zu ihm, »Was soll ich machen, damit du siehst, daß ich dir glaube?« und das alles, und er, »Die Sache ist so, ich bin nicht der liebe

Gott, glaub mir lieber nicht, es ist besser, du glaubst an den lieben Gott statt an mich.« Das sagte er immer. Und sie sagte, »Aber . . .«, und so, weil sie allmählich merkte, daß das Leben anders geworden war, sie war ein großes Mädchen und wurde zur Frau. Da wurde sie wild, in der Zeit werden sie alle wild, richtig verrückt. Da machen sie es dann, mit jedem, den sie wirklich mögen. Das war so um diese Zeit, er wartete die Phase bei ihr ab, als sie kam, merkte er, daß sie in der Phase war und hat zugestoßen, stimmt's? Die Hauptsache war, daß an dem Tag nicht diese Freundin von ihr mit aufs Land kam, die Leila.
»Wer war das?«
Eine ihrer besten Freundinnen, aber schon groß, schlau, sie war diejenige, die die Briefe brachte, wenn Glória nicht kommen konnte. Ihre beste Freundin, und später wurde sie eine falsche Freundin. Weil sie ihn Glória ausspannen wollte, sie machte ihm richtig den Vorschlag, »Laß sie sausen, komm zu mir, bei mir bekommst du, was du von ihr nicht haben kannst, sie ist noch zu jung.«
»Deine Mutter ist vor sechs Uhr früh zum Krankenhaus gegangen, sie kann jeden Augenblick zurückkommen und dann liegst du noch im Bett. Mein Vater hatte recht mit allem, was er gegen dich sagte. Ich fordere dich jetzt zum letzten Mal auf, steh auf.«
Noch ein paar Minuten möchte er im Bett bleiben, nicht länger, ja? Weil da noch was ist, was er nicht vergessen darf, daß nämlich Maria da Glória von ihm gelernt hat, den Mond anzusehen, denn vorher war sie noch nie auf die Idee gekommen, daß man eine ganze Weile hinsehen könnte. Wie man das machte, das wußte er, das hatte ihm jemand beigebracht.
»Wer?«
Das hat er Maria da Glória nie erzählt, damit sie nicht böse wurde. Tagsüber auf dem Land, ja, da sah sie den Vögeln zu. Er sagte ihr, sie sollte auch die Wolken am Himmel ansehen, die Weite, nicht?, und tagsüber das schöne Grün, die

Landschaft, wo man viele verschiedene Dinge sehen kann, viele schöne Steine.

»Steh auf! Ich will kein Wort mehr von dir hören.«

Viele Steine, große, hohe Steine. Da spielten sie dann Fangen und so, der eine lief hinter dem andern her. Da versteckte er sich meist hinter den Steinhaufen, richtig gut, und sie lief herum. Und er sagte zu ihr, »Mach die Augen zu, leg die Hände auf die Augen und such mich.« Dann versteckte er sich schnell im Gebüsch, verdammt, in den Steinhöhlen, lauter solche Spiele, nicht? Sie fand und fand ihn nicht, und wenn sie ihn nicht fand, kam er zum Vorschein, »Hier bin ich!« und so. Sie lief los, rief, »He, du, also! Wie du dich verstecken kannst!« Wenn sie sich verstecken wollte, fand er sie meist. Sie sagte, »Jetzt bin ich dran mit Verstecken.« Na gut. Die Steine waren da meist schwarz, dunkel mit weißen Streifen, sehr hübsche Steine, die es da in der Gegend gibt, mit Hügeln und so, sehr dicke Bäume, solche Riesenstämme, lauter verschiedene Sachen, viel Rosmarin auf dem Land. Viel Rosmarinblüten, verschiedene Bäume, Ipê, Brasil-Holz, alles so was. Ob sie sich daran erinnern kann? Oder denkt sie vielleicht nicht mehr an ihn?

». . .«

Da gab es viele blühende Baumwollpflanzen, gelbe Blüten, sehr hübsch. Sie stellen die brasilianischen Farben dar, nicht?, das Grün sind die Blätter im Busch, die brasilianische Fahne, und die weißen Streifen auf den Steinen bildeten die brasilianischen Sterne. Zum Anziehen mag er kein Gelb, aber gelbe Blumen mag er sehr. Angenommen, er würde in ein Kleidergeschäft gehen, da würde er nie was Gelbes zum Anziehen kaufen. Sie für ihr Teil trug die Farbe nicht, das hatte sie ihm versprochen, ob sie jetzt wohl irgendwas Gelbes trägt, weil sie in diesem Augenblick nicht an ihn denkt?

». . .«

Aber Gelb bedeutet für ihn mehrere Sachen, klar?, gelbe Vögel, Kanarienvögel, und die Blumen, zum Ansehen, das mag er, und das wär's dann. Da hatten sie viel Spaß, sind hierhin und dahin gegangen, ohne Ziel, sie hatten nichts zu tun, auf Hügel, Berge und so klettern, darum ging es, klar? Rot und Gelb als Stoff findet er für sich selbst furchtbar, ein rotes Hemd, rote Hosen, das gefällt ihm nicht. Sie hat eines Tages zu ihm gesagt, sie hätte rausbekommen, warum er keine gelbe Kleidung mochte und auch kein Knallrot, aber jetzt fällt ihm nicht mehr ein, warum.

». . .«

Das sind Farben, die er gern sieht, rote Rosen bedeuten für ihn viel Gefühl, von einem Mann für eine Frau, von einer Frau für einen Mann, von Freund zu Freund. Etwas, was er gern geschenkt bekommt, klar?

». . .«

Was er an Rotem auch sehr mag, das ist Marmelade, süße Sachen mag er sonst nicht sehr, aber Marmelade ißt er schon manchmal, das ist was Besonderes, weil er nicht so leicht viel ißt. Und Blut sehen haßt er, das kann er nicht ausstehen, dann dreht er durch. Ein Kollege auf dem Bau war verletzt, ein Backstein war sechs Meter runtergefallen, er war ganz durcheinander, als er das blutige Gesicht gesehen hat. Er mußte ins Krankenhaus und den ganzen Tag da bleiben. Und als er ihr Blut gesehen hat, fand er das gar nicht schön, ehrlich gesagt hat's ihm leid getan, nicht? Woran denkt sie wohl jetzt?, an ihn nicht, weil ihre Eltern schlecht über ihn geredet haben.

». . .«

Für ihn war das keine Genugtuung. Blut kann er nicht ausstehen. Das kann die schönste Frau der Welt sein, aber wenn einer Blut daneben stellt, kriegt er Ekel. Alles, sogar Fleisch, wenn da Blut drin ist, mag er das nicht, er ist ganz und gar gegen Blut. Ihm wird schon schlecht, wenn er von Blut redet, so wie jetzt. Sie hat manchmal rosa Rosen für ihn geschnitten, keine so roten.

». . .«

Er hatte viele Freundinnen und war immer sehr beliebt, und

meist erinnert er sich an die rosa Rosen, die er geschenkt bekam, und als er bei diesen Mädchen so beliebt war, alles Freundinnen untereinander, da bekam er meist viele Rosen, aber danach, jetzt bekommt er keine Rosen mehr, weil er nicht mehr mit der Gruppe zusammen ist, so wie früher, klar?, da klappt es nicht mehr, daß er Rosen bekommt und solche Sachen. Jetzt, wo er Geburtstag hat, da ist es genauso wie an jedem Arbeitstag, vor allem zum Geburtstag, da gab's jede Menge Rosen. Sie weiß seinen Geburtstag nicht mehr? In diesem Augenblick denkt sie nicht an ihn, geht nicht einkaufen, nicht mal auf den Platz. Sie geht nicht aus dem Haus, bleibt im Bett liegen und wird immer trauriger. So wie er, im Bett.

Wo er wohnt, hat er nicht viel Freunde. Und meist sind die Freunde, die er hat, schlechte Freunde, klar? Das bringt nichts. Das sind Freunde, die wollen Geld, er soll die Zeche bezahlen, und damit will er nichts zu tun haben, klar? Er versucht, das so hinzukriegen, daß alles zwischen ihm und seinem schwarzen Bruder bleibt, nur sie zwei verstehen sich. Ganz allein kann man ja auch nicht immer sein, oder? Was wohl Maria da Glória jetzt gerade macht? Vielleicht besser, wenn er jetzt aus diesem verdammten Bett aufsteht, nicht?

». . .«

In Wirklichkeit hat er gar keinen farbigen Bruder, das ist einer, der Waise geworden war, und dann hat seine Mutter ihn großgezogen, er hat ihn an dem Tag gesehen, als sie ihn gebracht haben. Er hat auf ihn aufgepaßt, und nie hat eine Schlange ihn gebissen, weil er auf ihn aufgepaßt und ihm beigebracht hat, wie man hört, wenn eine kommt. Im allgemeinen machen sie keinen Lärm. Die einzige, die Lärm macht, ist die gefährlichste, die goldene Surucucu, das ist eine unheimlich schöne Lanzenotter, die hat eine Rassel, wenn sie einen Menschen auf einen Kilometer bemerkt, fängt sie an zu rasseln, dann macht sie so, Tick, Tick-tick-tick. Die kann unheimlich beißen, wenn sie beißt, ist der Mensch fünf Minuten später tot, klar? Wenn sie dann kommt, atmet sie so, atmet mit Wut, mit Heißhunger, mit so einer Lust, jemand zu beißen. Glória kriegte Angst, wenn er von Schlangen redete, stimmt's?, dann hielt sie sich die Ohren zu, stimmt doch, oder?

»...«

Einmal hat er einen Köter gesehen, einen Hund, nicht?, die Schlange biß ihn, das dauerte keine drei Sekunden, da war er tot. Er hat es nur gehört, wie sie zustieß. Sie kam an und biß ihn. Der Köter wollte sie beißen und so, sie kriegte ihn zu fassen, der Hund fiel hin, sie biß zu, biß ihn überall. Sie muß nämlich ihr Gift verspritzen, damit sie glücklich ist. Und das Gift kommt nur raus, wenn sie zubeißt, klar?, wenn sie einen gebissen hat, geht es ihr eine Zeitlang gut, wenn sie nicht gebissen hat, macht ihr das Gift zu schaffen, reizt sie eine Weile, dann wird sie unruhig, muß unbedingt einen beißen, das Gift ablassen. Wenn sie dann einen erwischt, beißt sie ordentlich zu, sooft es geht, dann rollt sie sich um den Menschen und beißt und beißt, immer drauflos, überall, nicht? beißt jedes Tier, egal, was ihr über den Weg läuft, was grad kommt, Hunde, Gürteltiere, was grad kommt, Gutis, Affen, aber daß sie einen Mann beißt, das kommt nicht oft vor, weil der ihren Lärm hört, so ein schlauer wie er, der rennt dann weg. Er ist grad rechtzeitig aus Cocotá weg, weil die ihn da mit Tricks einfangen wollten. Aber er ist ihnen entwischt. Und jetzt haben sie nur noch das traurige Haus da, mit einer Tochter, die noch schlimmer mit den Nerven dran ist als was weiß ich. Und wenn sie nicht an ihn denkt, soll sie doch den Mist denken, den sie will.

»...«

Ihm ist das schon oft passiert, daß er das gehört hat, einmal hat er gerade Vögel gejagt, mit dem Gewehr, Juritis, das sind große Vögel, die kann man essen, so wie Hähnchen. Er pfiff, so in Gedanken unter einem Felsvorsprung, da hat er hochgesehen und da war eine riesengroße. Eine Schlange. Quer drüber. Er denkt, das ist eine Juriti, und dann ist das eine Schlange. Er pfiff wie eine

Juriti, und sie pfiff auch, da hat er sich gesagt, »Verdammt! Was ist das? So ein Scheiß ...«, er hat sich umgesehen und konnte den Vogel nicht finden, da sah er den falschen Ast über sich, da ist er abgehauen, sie kam da so angeschlichen mit ihrem offenen Maul. Das einzige, was er machen konnte, war, das Gewehr umzudrehen und auf sie zu schießen. Als er schoß, stürzte sie sich auf ihn, aber da war sie schon am Sterben. Er hatte sie zuerst getroffen, hatte ganz schnell abgedrückt, verdammt, da fiel sie runter, dies Scheißvieh. Aber das andere Mal, das war unglaublich, er war grade beim Mittagessen auf dem Felsen, nicht?, und sah eine ganz lange, ganz dicke, die war über zwanzig Meter lang. Da blieb er sitzen und sah sie die ganze Zeit nur an, wohl so an die fünf Stunden hat er stillgehalten, sie nur angeguckt. Sie hat sich ganz normal bewegt, hin und her, ist rumspaziert, dann hat sie sich in ein Loch in der Erde geschlängelt. Weg war sie, »Scheiße, die Schlange ist aber verdammt groß!« Dann kam er auf die Idee, einen großen Haken hinzulegen, um sie damit zu fangen, klar?, sie zu angeln. Er legte ein Stück Fleisch hin, mit Haken, wie beim Angeln, nicht?, band eine ordentlich feste Schnur dran und wollte dann ziehen, klar? So eine Riesenschlange am Haken. Er hatte schon alles vorbereitet, aber da hatte er den Trick vergessen, wie man das richtig macht, und hat seinen Vater geholt, als die Schlange den Kopf aus dem Loch steckte, »Jessesmaria, schnell weg, Kind! Das Vieh ist riesengroß«, der Vater ist losgelaufen, hat von zu Hause mehrere Liter Benzin geholt, in das Loch gegossen und es angezündet, sie hat da zwischen den Steinen um sich geschlagen, daß er es hören konnte. Unter dem Felsen, sie wollte mit Gewalt raus, schaffte es aber nicht. Keiner weiß, ob sie gestorben ist oder was aus ihr geworden ist, ob sie vor Wut durchgedreht ist, soll sie doch der Teufel holen, dies Mistvieh, verrecken soll sie! Aber seitdem hat er sie nie wieder gesehen. Wenn er von Schlangen redete, lief Maria da Glória immer weg, sie konnte es einfach nicht hören, wie lange ist das schon her? So gern er sich auch erinnern möchte, manchmal vergißt er ihr Gesicht. Ihren Mund.

»...«

Er wollte sie, die Schlange, ganz frei sehen, klar? Er hat sie oft gesehen, aber nah rangehen ging nicht, er kam höchstens auf hundert, zweihundert Meter ran, weil sie, wenn sie merkte, daß jemand in der Nähe war, immer ganz aufgeregt wurde, den Kopf bis zu anderthalb, zwei Meter hochhob und den dann suchte. Dann versteckte er sich, guckte aber immer hinter ihr her, aber bei der geringsten Bewegung, hah!, da haute er ab, raste wie ein Karnickel. Sein Vater hörte das, wenn eine kam. Jetzt ist er nicht da, der Vater arbeitet nicht mehr, hat aufgehört, er hat die Hoffnung verloren und es aufgegeben. Aber jetzt ist er alt. Es ist auch schon Jahre her, daß er alles zum Teufel gejagt hat, da mußte dann jeder für sich allein sorgen. Der Vater hat wie ein Ochse geschuftet, bis ihn die Verzweiflung gepackt hat, als er merkte, daß die Arbeit nicht reichte, und da hat er gestreikt, nicht?, gegen sich selbst, klar? Er hat nichts mehr gemacht, ist nur in die Kneipe Bier trinken gegangen, die Frau blieb zu Hause bei den Kindern, die so allmählich groß wurden. Sie hat das so gemacht: Sie hat die Sachen, die sie hatte, verkauft, damit die Kinder nicht so mies dran wären. Sie verkaufte Schweine, Hühner, Ziegen und brachte nach Hause, was sie konnte, und bezahlte auch noch seine Schulden, klar? Nicht einfach. Maria da Glória weiß nicht, was das heißt, Hunger haben. Wenn sie mal eines Tages hungern müßte, würde sie mit ihren Nervengeschichten aufhören, verdammt.

»...«

Alles ging zu Ende, Hühner, Ziegen, sie hatte nichts mehr, da hat seine Mutter Wäsche für andere Leute gewaschen, aber das reichte nicht, dann ist seine Mutter doch tatsächlich bei anderen putzen gegangen, aber nur ein einziges Mal, klar?, er hat sich deswegen nicht geschämt. Damit sie ihren Kindern was zu essen geben konnte.

»...«

Damals hatte seine Mutter vier, stimmt's? Jetzt ist der Vater ganz anders, wie verwandelt, hat mit dem Trinken aufgehört. Sie ist zu denen gegangen und hat gefragt, ob sie alles putzen könnte, aber gegen einen kleinen Vorschuß, weil die Kinder an dem Tag nichts zu essen hatten. Die Leute waren gute Bekannte und hatten es viel besser, manchmal halfen sie ihr. Sie ließ den Einkauf nach Hause schicken, ja, und dann ging sie arbeiten, aber sie ließ immer was zu essen für die Kinder da, damit seine Schwester es für alle machte, klar? Den ganzen Tag weg, Wäsche waschen, Unkraut jäten bei andern Leuten. So was alles hat seine Mutter gemacht, die arme Alte, deshalb schafft sie das heute nicht mal mehr allein, sie hat die Hühner und das letzte Zicklein, das sie hatte, verkauft, damit sie die anderen Sachen zu essen kaufen konnte, aber einmal, da konnte sie dies Zicklein keinem verkaufen, da hat sie es geschlachtet, und die Kinder haben es gegessen, klar?, und das schmeckt, das Fleisch von jungen Zicklein, heute noch sehnt er sich danach, das ist unglaublich, und heute abend gibt es einen Teller Reis, weil die Mutter immer was zu essen hat, obwohl es fast Monatsende ist. Noch lieber als Zicklein würde er ein Steak essen gehen.

»...«

Seine Mutter hat sie nie im Stich gelassen. Und nie im Leben würde sie zulassen, daß er kein Dach über dem Kopf hat. Eher läßt sie sich umbringen.

»...«

Und sie war nicht aus dem Krankenhaus zurück, bevor er zur Arbeit ging. Sie hat nicht gemerkt, daß er zwei Stunden länger im Bett geblieben war. Wenn er am Abend aus dem verfluchten Bus steigt, wird die Mutter zu ihm sagen, »Mein Kind, so viele Stunden Arbeit!« Und er wird ihr die Wahrheit sagen, daß die Busfahrt nach Rio heute wieder teurer geworden ist. Sie machte immer so einen Brei, solche Suppen. Sie holte Blattkohl, kochte ihn mit schwarzen Bohnen, das war damals, na gut. Fleisch gab es überhaupt nicht, sie hatte kein Geld, sie machte ein Angu, einen ganz besonderen Bohnenbrei, das konnte sie umheimlich gut, wenn sie das macht, wird das was ganz Besondres. Sie nimmt Maismehl, tut Blattkohl, grünen Salat hinein, schneidet die Blätter ganz fein in Streifen, dann mischt sie das, das wird so eine leckre Suppe, was ganz Besondres. Noch heute wünscht er sich, daß sie das zu Hause kocht, so ab und zu, »Mutter, machen Sie das Gericht, das Sie immer gemacht haben, als es uns so schlecht ging«, dann sagt sie, »Ist gut, aber ich denk nicht gern an die Zeiten zurück, mein Kind.« Er sagt, »Das macht doch nichts, machen Sie's ruhig, ich eß das gern.« Dann kocht sie das, klar? Mit Bohnenbrei, Blattkohl, grünem Salat, alles vermischt, klar? Sie wirft alles in einen Topf und macht ein buntes Essen draus. So eine Art Eintopf, nicht?, nur daß kein Fleisch dabei ist, nichts, nur Schmalz, Bohnenbrei und die Blätter. Jetzt macht sie für den Sohn auch viel Reis, schwarze Bohnen, Quiabo-Schoten, ein Steak macht sie manchmal. Heute abend, das weiß er schon, auch wenn's ihm keiner sagt, da gibt es kein Angu, nur Reis. »Mein Kind, bis Monatsende reicht es nicht für mehr, und wenn ich nicht gesund werde, dann hilft nichts mehr, dann muß ich das machen, was ich nie wollte . . .« Er hört nicht hin, wenn die Mutter ihm damit kommt.

». . .«

Wenn die Mutter weggeht, kann Zilmar zu ihm ziehen. In dem Haus gegenüber von Maria da Glória war eines Morgens ein kleiner schwarzer Junge, die Mutter war eine Hausangestellte und war gestorben, »Carminha, könntest du ihn nicht nehmen, bei dir mit deinen vielen Kindern großziehen? Wir geben dir bißchen was dazu und so retten wir ihm alle zusammen das Leben, nicht?« In diesem Reicheleutehaus gab es eine Tochter, Olga.

». . .«

Olga belauerte sie immer aus ihrem Fenster, wenn Glória und er im Dunkeln ihre Geschichten machten. Seine Mutter ging jeden Tag bei Olga zu Hause guten Tag sagen. Er ging auch hin und spielte mit Olga, bis es dunkel wurde und Zeit für die andre Sache, gegenüber. Als der Vater wieder auf dem Hof zu arbeiten anfing, da fing seine Mutter wieder an, Kinder zu kriegen, er war noch sehr klein, »Josemar, Josemar!« rief der Vater dauernd nach ihm, als wäre er eine Schraube, als ob der Vater an einer Schraube drehte, er schraubte immer fester, bis er sich nicht mehr rühren konnte. Und die Mutter konnte ihn manchmal nicht in Schutz nehmen, weil sie krank im Bett lag oder manchmal kurz vor der Geburt war. Und wenn sie vor der Geburt war, ging sie nicht auswärts arbeiten, sondern wusch und bügelte für andere bei ihnen zu Haus. Heute abend, wenn er nach Haus kommt und der Mutter geht es besser, wird er sie ordentlich in den Arm nehmen, »Senhora, wie schön, herzlichen Glückwunsch, Sie werden gesund, und wie schnell, nicht?!« Oder wird sie vielleicht doch nicht gesund?

». . .«

Er ging immer zur Mutter und sagte, daß der Vater die Schraube immer fester anzog, aber sie lag im Bett und klagte über Schmerzen, weil sie wieder ein Kind kriegte. Sie konnte nichts dafür, oder?, es ging ihr sehr schlecht.

». . .«

Er sagte zu ihr, »Senhora! Senhora! Bitte, wann geht es Ihnen wieder gut? Senhora, ich kann nicht mehr, ich bin so müde, ich hab schon die Kühe geholt, die Erde für die Tomaten umgegraben, das Unkraut gehackt, jetzt will er mich zum Zuckerrohrschneiden schicken, und mir tun die Arme weh, und ich hab eine Blase an der Hand hier!« Mutter! Wo sind Sie, Senhora? Haben sie sie schon zum Entbinden ins Krankenhaus gebracht?

». . .«

Es gab eine Schule auf dem Land. Es gab eine in der Stadt und eine auf dem Land. Er ging in die auf dem Land, und die

Lehrerin hieß Aneci. Er mochte sie gern, er ging damals in die Grundschule, wenn er nach Hause ging, dachte er immer an sie, nicht? Sie wohnte in der Stadt und er auf dem Hof. Sie war ledig, diese Lehrerin, und fehlte keine Stunde, war nie krank. Sie wusch und bügelte nicht für andre Leute. Da kam er hin und lernte bei dieser Lehrerin, hübsch war sie. Er mochte sie, war in sie verliebt, so verrückt, wie Kinderliebe ist. Er schrieb einen Brief und legte ihn unter das Klassenbuch. Er war schon zehn Jahre alt, er konnte damals nicht mal richtig schreiben. Was er geschrieben hatte? »Meine geliebte Lehrerin Aneci. Ich weiß, daß ich Ihre Gegenwart und die große Lehrerin, die Sie sind, achte, aber ich bin total in Sie verliebt. Ich weiß, daß ich hiermit meiner Ausbildung schaden kann und eine exzellente Strafe bekommen kann.« Sie konnte das selbst kaum glauben, als sie das sah. Es dauerte Monate, bis sie sich entschloß, über die Sache zu reden, und er wartete immerzu auf ihre Reaktion ihm gegenüber, damals. Na gut, eines Tages sagte sie, als sie den Brief bekommen hätte, hätte sie gemerkt, wie kindisch er war, stimmt's? »Also, ich weiß nicht, wer mir diesen Brief geschrieben hat.« Wenn die Lehrerinnen damals einen Schüler zur Ordnung rufen wollten, ließen sie ihn, damit das nicht vor den anderen passierte, warten, bis alle anderen den Klassenraum verlassen hatten. Nach dem Unterricht machten sie das mit den Maiskörnern. Sie streuten den Mais auf den Fußboden und ließen einen dann hinknien, genau auf den Mais. Er hat kein Wort gesagt, er dachte sogar, sie würde ihn schlagen und so, denn damals prügelten die Lehrerinnen. Da verteilte sie langsam eine Menge Maiskörner und fragte, ob er noch mehr Geschwister hätte. Er erzählte, daß er der dritte war und noch andere nach ihm gekommen waren, erzählte, daß sie es ein paar Jahre lang viel besser gehabt hatten und daß die Mutter jetzt nach langer Zeit wieder eins bekommen hatte und noch eins bekam, weil der Vater wieder auf dem Hof arbeitete und sie wieder zu essen hatten, »Senhora, die Sache ist so, ich hab's geschrieben. Ich finde wirklich, die Wahrheit sagen ist dasselbe wie meine Gefühle, meine Probleme rauslassen, ich glaub, das ist überhaupt nichts Neues.« Dann sagte er zu ihr, na gut, daß er sie wirklich sehr gern hätte. Er hat ganz offen mit ihr geredet, »Es macht nichts, Sie können mich auf den Mais setzen, mich schlagen, aber das bringt mich nicht ab. Ich bin ganz verrückt nach Ihnen, ich bin in Sie verliebt. Ich bin verrückt danach, Ihnen einen Kuß auf den Mund zu geben«, hat er zu ihr gesagt, da hat sie gelächelt, Scherze gemacht und dann gesagt, »Ich habe dich gerufen, weil ich dir ein paar Ratschläge geben wollte; das wird deiner Ausbildung schaden, aber trotzdem danke ich dir für deine Freundlichkeit, daß du mir diesen Brief geschrieben hast, das hat mir gefallen. Du bist der erste Schüler, der sich in mich verliebt hat; ich habe schon mehr als tausend gehabt, aber keiner hat sich in mich verliebt.« Da sagte er so zu ihr, »Sehen Sie, Senhora, das Problem ist, ich liebe Sie wirklich, ich werde auf Sie warten.« Wenn er größer würde und volljährig wäre, würde er zu ihr kommen. Er wollte sie zur Freundin haben, sie heiraten, verstanden? Da sagte sie zu ihm, daß es noch viele Jahre dauern würde, aber daß es viele schöne Dinge in der Welt gäbe, nicht nur in Rio de Janeiro und São Paulo, sondern noch mehr da direkt auf dem Land, und er sollte sich ansehen, wie schön die Pflanzen wären. Und er sagte zu ihr, daß er abends an sie dachte, weil alle früh schlafen gingen und die Mutter immer im Bett lag, weil es ihr nicht gut ging, wenn sie den ganzen Tag gearbeitet hatte, für andere Leute gewaschen und gebügelt hatte, ein Kind kriegte, und daß er traurig wurde, wenn er an sie dachte, an die Lehrerin. Und die Lehrerin Aneci sagte zu ihm, abends könnte man die Pflanzen nicht sehen und die Hügel und die Blumen auf der Wiese, aber man müßte den Mond ansehen und die Wolken, weil die sehr schön sind, und die Sterne, »Du findest mich schön, und deshalb möchtest du mich sehen, wenn du abends traurig bist, aber es gibt noch viele andere schöne Dinge, und wir müssen lernen und daran denken, hinauszugehen und sie anzusehen, und auf diese Weise kann deine Traurigkeit dann vergehen.« Alle schliefen auf dem Hof, sogar der Vater, er ging nicht mehr in die Kneipe Bier trinken, auch nicht weiter weg woandershin, er arbeitete wieder auf dem Feld. Er schlief die ganze Nacht, auch wenn er glaubte, daß sein drittes Kind nicht von ihm wäre.

»...«

Der Vater behandelte das dritte Kind, als wär es ein Adoptivkind. Er war nicht eifersüchtig auf einen anderen Mann, nein, so weit ging er nicht, es war nur das Problem, daß er so was wirklich dachte, ohne Hand und Fuß. Dann redete er meist viel Zeug, viel Unsinn, lauter Lügen. Er sagte nicht, das dritte Kind wär nicht von ihm, aber er machte Witze. Er ging nicht so weit, daß er es klipp und klar sagte, aber die Großmutter hat es einmal gesagt, die Mutter vom Vater. Sie sagte, das dritte Kind wär das Kind von dem Großgrundbesitzer, und der Vater machte manchmal die Pflügearbeit auf dem Feld mit Ochsen. Aber der dritte wußte, so eine Geschichte hat es nie gegeben, weil seine Mutter eine sehr ehrliche Senhora war, superanständig. Das war nur Getratsche und so, was da aufgekommen war, weil der dritte anders als alle Geschwister war. Er war deutlich heller, nicht sehr viel, aber seine Haare waren nicht schwarz und hart wie die von Indianern, sie waren gewellt und braun. Glória sagte immer zu ihm, nicht?, »Deine Haare sind, glaub ich, noch weicher als meine.«

»...«

Seine Geschwister hatten alle harte schwarze Haare. Die Mutter hat langes schwarzbraunes Haar, ihr Haar geht bis hier unten, hartes Haar, und das Haar vom Vater war immer ganz kurz, schwarzbraun, etwas dunkler als seins, deshalb grübelt er immer, der dritte Sohn glaubt, das ist der Grund, weshalb der Vater immer mehr von ihm verlangt, klar? »Josemar! Geh das Unkraut im Garten hacken, sofort! Den ganzen Garten da, bis du fertig bist, und was weiß ich, hol den Sack mit Kürbis, und noch schlimmer, vergiß nicht, du haßt es doch, Zuckerrohr zu schneiden, du Luder, also los, geh Zuckerrohr schneiden, sonst kriegst du den Stock über!« Seine Eltern waren keine Indios, nein, sie waren auf einem Hof wie dem da geboren oder in der Stadt, nicht weit weg im Urwald, so was nicht, auf keinen Fall. Die Eltern von den Eltern auch nicht, aber die Großeltern von den Eltern, die ja. Der dritte Sohn fragte die Großmutter, die Mutter von der Mutter, ob sie Indianerin gewesen war, und sie sagte nein, aber die Mutter der Großmutter, die ja, die war eine, die man mit dem Lasso gejagt hat, im Urwald, tief im Urwald, lauter solche Sachen, klar? Sie war eine, die man mit dem Lasso gejagt und eingefangen und dann gezähmt hatte, das ist die Information, die er hat, die Indianer, die es damals da gab, die waren nicht gefährlich. Die wurden so gefangen und dann gezähmt und dann wurden die anders, dann wurden das ganz normale Leute, nicht?

»Das waren Wilde, die schossen mit Pfeilen, die schossen auf alles mit Pfeilen.«

Nein, gefährlich waren die nicht! Sie griffen an, wenn sie angegriffen wurden. Der Indianervater oder die Indianermutter, wenn einer ihnen eine Indianertochter stehlen wollte, ja, dann griffen sie irgendwie an, mit Pfeilen und solchen Sachen, mit Schleudern! Da gibt es noch den Urwald der Indianer, die Höhlen, ihre Töpfe, das gibt es im Museum in der Stadt, diese Lehmtöpfe, die sie machen, diese großen Pfeifen zum Rauchen. Aber bei der Großmutter zu Haus, da gab es davon nichts mehr, im Urwald ja, da gibt es noch Indianer, sehr weit weg, ganz tief drin, so an die vierhundert Kilometer, da gibt es dicke Baumstämme, das glaubt keiner, nicht?, da geht keiner hin, nur bis zu einer bestimmten Entfernung, weil zurückkommen nicht so einfach ist, die Indianer da, die pflanzen ihre Sachen an und so, nur das, was sie zum Essen brauchen, neunzehnhundertsoundsoviel, hat die Großmutter gesagt, da wurde diese Indianerin mit dem Lasso gefangen und gezähmt, danach wurde sie dann eine ganz normale Frau, trug Kleider und so, aber vorher trug sie einen Lendenschurz und hatte noch ihre alten Bräuche beim Beten. Weil sie sehr an Gott glaubte, klar?, wie seine Mutter, die ihr Leben lang immer nur für die Kinder gearbeitet hat, und an Gott glaubt sie wie eine Heilige.

». . .«

Diejenige, die sie aus dem Urwald geholt haben, auch als sie gezähmt war, betete noch immer wie die Indianer, so ein Abendgebet, vor dem Schlafengehen machte sie so ein Geräusch. Jedenfalls glauben die andern, daß sie beten, wenn sie schlafen gehen, nicht?, also, so wurde das in seiner Familie erzählt. Die beteten in ihrer Sprache, getrennt von allen anderen. Danach redeten sie wieder normal, als wären es schon brasilianische Menschen. Seine Familie stammt ganz und gar von Indianern ab, da gibt's keinen Portugiesen, ganz reines Blut, ganz sauberes Blut, wie die Leute sagen, weil sie ehrlich von der Arbeit von jedem einzelnen leben und keinen einzigen Portugiesen in der Familie gehabt haben. Auch keinen Italiener. Aber an der nächsten Bushaltestelle muß er aussteigen und dann in dem verdammten Badezimmer an die Arbeit gehen. Weil, wenn er nichts zu tun hätte, würde er mit dem nächsten Bus nach Santíssimo zurückfahren, die Mutter muß schon aus dem Krankenhaus zurück sein, und da ist keiner, der sich um sie kümmert.

»Bitte sprich nicht von Schlangen, hier können welche in der Nähe sein, und die sehen wir dann nicht.«
Wenn sie Angst hat, warum läßt sie sich dann drauf ein? Er kann sich selbst wehren, wozu braucht er sie?
»Die drei Häuserblocks bis zum nächsten Bus sind ziemlich dunkel.«
Wenn man ihn heute überfällt, lohnt es sich sogar, er hat ein dickes Steak in der Tasche. Aber gegen Schlangen kann er sich wehren, was denkt sie eigentlich? Dabei gibt es in diesem verdammten Rio de Janeiro noch nicht mal so was. Wie oft ist er nicht früher losgegangen und hat 'ne Vogelfalle aufgestellt, wollte ein paar Vögel schnappen, stimmt's? Da steht er so in Gedanken und stellt die Falle auf, und als er sich umgedreht hat, war da keine zwanzig Zentimeter von ihm 'ne grüne Schlange. Genau wie das Blatt da, ganz grün. Nun ist das so, grüne Schlangen und Wasserschlangen, die beißen keinen. Meist laufen sie in ihr Loch, wenn sie einen sehen, die ernähren sich von Mäusen, Mücken, Kakerlaken und solchen Insekten. Die giftigen Schlangen, die gehen sogar an Kühe im Wasser, an Schweine, Hühner, ja. Die beißen mit dem Schwanz und mit dem Kopf. Mit dem Schwanz pieksen sie, das gibt so ein kleines Loch. Mit dem Kopf beißen sie, die Zähne sind wie zwei Haken, so gebogen, erst klappern sie, dann machen sie so, zack!, da sind die Zähne drin, und die kriegen sie dann gar nicht so einfach raus. Schlangen im Wasser beißen nicht, Maria da Glória und er können sich nackt ausziehen und im Fluß baden.
»Nein.«
Schlangen, die ins Wasser gehen, sind nicht giftig, weil das Gift sich im Wasser auflöst. Schlangen trinken kein Wasser, niemals. Weil sie, wenn sie durstig sind, nicht trinken, die Leute sagen, sie trinken nur alle zehn Jahre Wasser oder

auch nur alle sechs Monate, das weiß er nicht mehr so genau, jedenfalls spritzen sie ihr Gift auf ein Blatt, das muß bauchig sein, wie ein Waschbecken. Da spritzen sie ihr ganzes Gift drauf, und wenn sie genug getrunken haben, kommen sie her und saugen das ganze Gift wieder ein, wenn sie nichts zu essen haben, ernähren sie sich nämlich von dem Gift.

»Erzähl mir nichts mehr von gefährlichen Tieren, da bekomm ich Angst. Ich weiß, was heute nachmittag mit dem Alten passiert ist, der dich gebeten hat, den Abfluß in seinem Küchenbecken frei zu machen.«

Ein Loch, von allen vier Seiten zu, mit Ziegeln zugemauert, da ist eine Schlange reingefallen, die kann nicht mehr raus, hat nichts zu fressen, die bleibt zehn, fünfzehn Jahre da. Sie stirbt nicht. Sie lebt vom Gift. Das einzige ist, daß sie ganz dünn wird, so dünn wie ein Bindfaden, aber sterben tut sie auf keinen Fall. Er hatte mal einen Freund, ein ganz junger Kerl noch, die Geschichte ist mitten in Cocotá passiert, der hat eine Schlange in einem Loch eingesperrt, zehn oder fünfzehn Jahre später kam er wieder vorbei, da fiel ihm ein, »Ich hab doch mal 'ne Schlange in einem Loch eingesperrt, das Loch war hier irgendwo.« Er fing an zu graben und grub und grub, bis er es hatte, er dachte, sie wär tot, sie wär nicht mehr da, klar? Als er den Stock rauszog, den er da reingesteckt hatte, kam sie hinterher und hat ihn hier an der Hand erwischt, und da ist er dann gestorben. So was kommt vor, der Junge war achtzehn oder zwanzig. Wie der Tote hieß, weiß er nicht mehr, war ein guter Freund von ihm.

»Der Alte, der neben der Wohnung mit dem kaputten Badezimmer wohnt, ist fast blind.«

Der Alte hatte ihn geholt, damit er ihm den Abfluß in der Spüle frei machte. Er kam rein und merkte, daß der Alte allein war und überhaupt nichts begriff. Und auf einem Tisch lagen ein paar Tausendcruzeiroscheine. Und ein ordentliches Steak auf dem Küchentisch.

»Hat er dich zum Essen eingeladen?«
Dazu hatte er keine Zeit, die Nachbarin mit dem verdammten Badezimmer wartete auf ihn. Da hat der gute Alte doch tatsächlich das Fleisch in Papier eingewickelt und ihm geschenkt.
»Er hat dich behandelt, als wärst du am Verhungern, wie einen Bettler.«
Verdammter Scheiß! Was gibt es nur für schlampige Leute, lassen das Geld einfach rumliegen, aber in vierzig Minuten, wenn er aus diesem Scheißbus aussteigt, macht seine Mutter ihm das Steak. Er würde ihr ja was abgeben, sogar die Hälfte! Aber sie kann kein Fleisch essen, sie hat nicht mehr genug Zähne.
»Wenn du eine Schlange wärst, wen würdest du dann beißen?«
Er ist jetzt nicht in Cocotá, hier in der Gegend gibt es keine Schlangen.
»Die Sache ist so, angenommen, du müßtest jemand beißen, weil du nicht vom Gift leben könntest, du müßtest dir ein Opfer aussuchen.«
Er soll sich ein Opfer aussuchen? Egal, ob Mann oder Frau?
»Wen würdest du beißen, deine Schwester oder deinen Bruder?«
Das würde er nie tun. Er würde die Kuh beißen, die hat er so gehaßt, daß er sie umgebracht hat, als er richtig in Rage war, hat er sie mit einem Schuß erledigt.
»Und was ist mit der Frau, die dein Vater hatte?«
Damals war er ganz schön böse auf die, aber dann wurde er größer und da hat sich das gegeben, klar? Die würde er auf keinen Fall beißen. Die Sache ist doch so: Wenn man klein ist, denkt man etwas, aber wenn man sich informiert und so, wenn man groß wird und so, dann denkt man anders. Verheiratete Männer haben doch niemals nur eine einzige Frau, meistens haben sie zwei, drei, vier, so viele wie möglich, stimmt's? Als er mit der Glória ging, hatte er auch andere. Schließlich mußte er ja auch überlegen, welche er

am meisten mochte. Glória dachte, sie wäre an erster Stelle, stimmt's? Dann soll sie es doch denken, wenn sie das glücklicher macht.

»Das stimmt nicht! Ich will nur die Wahrheit wissen, über alles, was passiert ist.«

Und jetzt, wo sie nicht mehr ganz klar im Kopf ist, denkt sie das wahrscheinlich immer noch.

»Das ist nicht wahr, mir geht es schon besser, und ich will nur die Wahrheit wissen, sonst nichts.«

Soll sie denken, was sie will, davon hängt sein Leben nicht ab, oder? Heute geht er mit vollem Bauch schlafen, wozu braucht er sie? Wenn sie ihn nicht mehr mag, ist das auch egal. Er hatte mal eine Frau, die mochte ihn wirklich, die wußte nämlich genau, daß er ein anständiger Mann ist.

»Wie viele Tausendcruzeiroscheine lagen heute nachmittag bei dem Alten auf dem Tisch?«

Sie wohnte auf dem Land, auf einem kleinen Hof, wie er.

»Ich will ihren Namen nicht hören!«

Das war Açucena, mit schwarzen Haaren, nicht blond wie Maria da Glória.

»...«

Sie machte auch alles mit, was er mochte, sie ist älter als Glória, auf dem Fußballplatz war sie toll als Fan, und ihr Vater konnte ihn nicht leiden, er wollte nicht, daß sie mitging, aber mit mehreren Freundinnen zusammen ist sie dann meist doch gegangen, stimmt's?

»Was sollen all diese Lügen? In dir steckt kein anständiger Mann.«

Er sagte zu Glória, »Das andere Mädchen gibt mir, was du mir nicht gibst, du hast es und gibst es mir aber nicht«, und so weiter. Deshalb hat er dann mit beiden geflirtet, aber er hat das immer nur heimlich gemacht, ganz heimlich, keiner wußte was, es war ein Supergeheimnis. Er traf sich zuerst mit der einen und danach mit der anderen. Açucena wohnte damals auf dem Land, da war es eher möglich, daß er sie tagsüber traf. Die andere wohnte in der Stadt. Das Mädchen vom Land verabredete sich mit ihm unter den Bäumen, verstanden? Er sagte immer zu ihr, »Hör zu, Mädchen, du wartest unter dem und dem Baum auf mich, um die und die Zeit«, und sie versteckte sich und wartete, keiner konnte sie sehen. Aber es hatte sie richtig gepackt, sie liebte ihn wirklich.

»Aber du hast sie nicht richtig geliebt, weil sie vom Land war, wie deine Familie.«

Einmal hat er auf einem Platz in der Nähe vom Hof ihres Vaters Fußball gespielt, und da war ein anderer, der hinter ihr her war, und dieser andere war Stierkämpfer. Der machte da auf dem Land Stierkampf, packte die Kuh am Kopf, so was alles, und ihr Vater wollte, daß sie den zum Freund nahm, deshalb paßte er auf, daß er und der Vater von Açucena sich nie direkt begegneten. Eines Tages standen sie sich Auge in Auge gegenüber, er merkte, der Alte war stockwütend, »He, du Jüngelchen, du pussierst mit meiner Tochter, ich hab doch gesagt, ich bring dich um, ich schneid dir den Sack ab, und dann schneid ich dir mit der Sense die Kehle durch, du gehst mit der Tochter vom Rossi und willst dann auch noch mit meiner Tochter pussieren, verdammt! Du hast 'nen Haufen Frauen überall, so geht das aber nicht, kommt nicht in Frage, sie oder dich, einen von euch beiden bring ich um.« Der Vater prügelte sie wie ein Blöder, seinetwegen. Verprügelte sie regelrecht. Sie sagte, »Scheiße, mein Vater hat mich geprügelt! deinetwegen bin ich überall blau, hier, siehst du?, aber ich halte alles aus, da hilft nichts, die Sache mit dir, die kann keiner verhindern.« Naja, schön und gut, je mehr ihr Vater sie prügelte, um so mehr traf sie sich mit ihm, nichts zu machen, sie ging zu seinen Tanten, zu seinen Kusinen, um ihn zu sehen, sie machte alles, um ihn zu sehen, denn wenn eine Frau mal richtig hinter einem Mann her ist, dann setzt sie Gott und die Welt in Bewegung, damit sie ihn sehen kann. Na gut. Da kam sie eines Tages an, bis dahin hatte er es noch nicht mit ihr gemacht, und er sagte zu ihr, »Hör zu, geh lieber nicht zum Spiel«, aber sie ist doch

gegangen, und da gab es eine fürchterliche Prügelei beim Spiel. Alle gegen ihn.
»Du warst vom Land und hattest überhaupt nichts, warum waren dann alle gegen dich?«
Nach seinem zweiten Tor ging es los. Er schoß das erste. Als er das dritte schoß, sagten alle, »Der Kerl ist verhext.« Das Spiel war aus, bevor die neunzig Minuten um waren.
»Alles gelogen.«
Der Streit fing frühmorgens mit einem Kerl aus der Stadt an, der in Sachen Fußball eine Stinkwut auf ihn hatte. Sie stießen an einer Ecke zusammen, er war vom Land und der andere aus der Stadt, der war unheimlich gut am Ball, da machte er den Mund auf, »He, nimm dich in acht, heute mußt du auf mich aufpassen! Heute schieb ich dir zwei oder drei Bälle zwischen die Beine, und ich treff ins Tor.« Als er das erste Tor schoß, alles klar, aber als er das zweite schoß und der andere den Ball nicht zu fassen kriegte, sagte der, »Jetzt kriegst du Prügel, daß du dich schütteln mußt«, er holte mit dem Bein nach ihm aus, er holte aus, traf ihn aber nicht, der vom Land war wieder schneller, als er das dritte Tor schoß, da traf er ihn direkt am Rücken, der aus der Stadt stieß ihm eins in die Rippen, und als der andere zuschlug, fragte er, »Mann, willst du dich prügeln oder was willst du?«, der andere war nämlich wirklich keiner, der sich prügelt. Der Kerl sagte, »Ja, will ich.« Er packte den anderen hier und – päng! – prügelte er mit dem Kerl auf die anderen ein, die zusahen, klar? Das war wahnsinnig, er hat ihn sogar hochgehoben und auf den Haufen Leute geworfen, die schon fast auf ihm waren.
». . .«
Dann, kurz danach, kam die Polizei. Aber da regte er sich nicht weiter auf, einer, der Trainer bei der Mannschaft war, holte ihn zu sich ins Auto, keiner rührte ihn mehr an, er sah aus, lauter Blut, von oben bis unten beschmiert mit dem Blut von den andern, er hatte keine einzige Schramme. Und abends war der Stierkampf, der Kerl sollte mit dem Stier

kämpfen. Da ging er weg, nach Hause, aber vorher sagte er noch, »Verflucht, ich muß mit Açucena reden, verdammt! Hier red ich nicht mit ihr, verdammt, ich muß mit der Kleinen reden«, da ging er schnell dahin, wo sie war, »ich bin da und da, geh dahin.« Da jammerte sie ihm vor, »Tut mir leid, aber heut geht's nicht, mein Vater ist wie ein Wilder hinter mir her, der läßt mich überhaupt nichts machen.« Er sagte, »Wo gehst du hin?«, da sagte sie, »Die zwingen mich, zum Stierkampf zu gehen.« Da ging er nach Haus und kam mit dem Auto zurück, alle anderen waren mit Lieferwagen da. Er ging rein zum Stierkampf, sah sie, ihren Vater, sie saß da, ihr Vater und der Kerl daneben, dieser Stierkämpfer, wie der Kerl hieß, das weiß er nicht mehr, in diesem besonderen Kostüm und ganz aufgeregt, verdammter Mist, so ein Scheiß, genau, so heißt der, Scheiß mit Vornamen, Scheiß mit Nachnamen. Er weiß, als er da ankam, war er wirklich auf achtzig, er ist hingegangen und hat sie vor all den Leuten angesprochen, »Hallo, mein Liebling, wie geht's? Alles klar?« und hat ihr ordentlich das Händchen gedrückt. Der Vater hat sie ins Gesicht geschlagen, daß sie ganz lila geworden ist. Da hat er sie an sich gezogen, »Sie werden sie nicht mehr schlagen, Senhor! Wenn Sie sie noch ein einziges Mal schlagen!« Verdammter Scheiß, da fielen ihr Vater und der Kerl über ihn her, das war was, mit dem Stierkampf war's da aus. Er nahm sie und sagte, »So, du steigst in mein Auto«, er schloß die Tür ab und ging die Sache mit den anderen klären. Da kam die Gruppe, mit der er das verabredet hatte, sie ließen den Stier los, alles lief weg, und sie setzten die Plane in Brand. Sie wollte den Kerl nicht, der Vater zwang sie, den Kerl zum Freund zu haben, verdammt, sie mußte sich entscheiden, entweder der Kerl oder er, aber der andre konnte beim Alten ein und aus gehen und er konnte das nicht. Die Kerle zogen Messer, Revolver, alles war in Flammen, da verschwand das Mädchen im Auto, alle Autos fuhren hupend in einer Schlange weg, tut-tut-tut, damit wollten sie den Leuten, die da schon wegliefen, noch mehr Angst machen. Es war brechend voll gewesen auf der Tribüne beim Stierkampf, sein Auto fuhr ganz langsam an den Leuten vorbei, kein rechtes Durchkommen da, und durch das geschlossene Fenster konnte er hören, »Verdammt, dieser Kerl ist Spitze, der hat sich mit allen angelegt und mit allen geprügelt; der kommt zum Stierkampf, prügelt sich mit allen und dann fährt er seelenruhig wieder weg.« Sie fuhren ordentlich weit weg, weil sie dachten, die anderen wären in die Stadt gefahren und wollten Krach machen, und in der Stadt mochte er so was nicht so gern, deshalb fuhren sie durch und in eine andere Stadt zum Zickleinessen, »Mädchen, die Sache ist so, was willst du eigentlich? Willst du mit mir ausreißen?«, da sagte sie, »Oh! Ich geh überallhin, wo du mich hinbringst, du hast mich in der Hand.«

». . .«

Leute, die auf dem Land leben, sind ganz anders, stimmt's? Leute aus der Stadt, die kennen alles, die spotten sogar über Leute vom Land, lachen über sie. Leute vom Land reden ganz anders, die reden falsch, wenn sie einen anreden, sagen sie nicht die richtigen Wörter, das sind dann meist Leute vom Land, oder sonst auch aus São Paulo, die aus São Paulo reden nur anders, rollen das »r«, Minas, Belo Horizonte, Natividade, Itaperuna, Campos, Bauru, jeder Ort hat seine Art, wie die Leute reden, stimmt's? Nehmen wir mal Rio, hier in Rio finden sie das scheußlich, wie die aus São Paulo reden, für die ist das alles verkehrt, und die andern finden, daß wir falsch sprechen, nicht? Also, richtig oder falsch, die reden wirklich falsch, wir reden nur anders, und egal, was die sagen, auch wenn das nichts mit »r« zu tun hat, kommt immer nur »r« raus, stimmt's? Die Leute aus der Stadt sind meist sehr gut angezogen, und die Leute vom Land sind einfache Leute, denen ist das egal, ob sie was richtig Feines oder normale Sachen anhaben, das kommt für sie aufs selbe raus. Das sind einfache Leute, was Kleidung angeht, die gehen viel barfuß, und deshalb finden die Leute aus der

Stadt sie meist komisch, anders, deshalb sagen sie, »Der da ist vom Land, der ist barfuß.«
»Und die Haare? Sind die auch verschieden?«
Wenn da einer auf der Landstraße geht, und da kommt ein Laster vorbei und der ganze Staub fliegt von der Straße hoch und bleibt den Leuten im Haar, klar?, da geht es dann los, »Der da ist vom Land«, und so. Da fangen sie an zu schreien und verspotten die Leute, sie wollen die Leute vom Land ganz kleinmachen. Das geht so weit, daß einer vom Land, wenn er in die Stadt kommt, schon Angst hat, stimmt's?, daß man ihm was nachruft, er kommt schon ganz mißtrauisch an.
»Und wie habe ich geredet?«
Ganz wunderbar, sie hatte eine hübsche Stimme, sie redete schön, sehr weiblich, ganz in Ordnung. Sie beschimpfte die Leute vom Land nicht, sie behandelte alle gleich. Er sagte immer, er wär aus der Stadt und wär dann aufs Land gekommen, »Also, ich bin aus der Stadt Cocotá, jetzt komm ich vom Land, aber ich bin in dem Krankenhaus da in der Stadt geboren«, und danach war er an vielen anderen Orten, im Bundesstaat Rio, in Bauru, er sagte sogar, »Ach, Glória, wie kannst du mich lieben, du weißt doch, daß mein Vater auf dem Land wohnt.« Und sie, »Das wichtigste ist, du bist du und ich bin ich.« Damals wurde sie nie ohnmächtig, hat ihre Mutter ihm erzählt, sie ist mit ihr zu vielen Ärzten gegangen und so weiter und so fort, ein Nervenproblem und dies und das, nichts kam dabei raus, das einzige, was dabei rauskam, ist, daß sie nicht mehr aus dem Haus gingen, nur noch zu Hause blieben. Und was er sich so bei sich überlegt hat, ist folgendes: Sie hat mit diesen Szenen angefangen, damit man es ihm erzählt und er nach Cocotá zurückkommt, sie hat nur Theater gemacht, damit er es erfährt und ihr zu Hilfe kommt, stimmt's?
»Ist das etwa nicht wahr, daß es mir schlecht ging? Erzähle ich etwa auch Lügen?«
Er muß die Sorgen abschütteln, weil er in dem Bus hier

bequem im Sitzen fährt und gleich, wenn er nach Haus kommt, ein schönes Steak essen wird.

»Worum hatte ich dich gebeten, damit du im Leben vorankommst?«

Tja, und dann Açucena nach dem Stierkampf zu ihrem Vater zurückzubringen, das war die Hölle. Da hat er sie mitgenommen, zu sich aufs Land, aber als er mit ihr zu Haus ankam, da wollte seine Mutter nicht mitmachen. Das war was. Der größte Krach, den er je gehabt hat.

»In deiner Tasche sind tausend Cruzeiros zuviel, die gehören dir nicht.«

Er hatte sie noch nicht angefaßt. Er lieferte sie heil ab. Der Alte sagte, er würde entweder ihn oder sie umbringen, »Da hilft nichts, ich nehm sie mit und verprügel sie«, dann hat er sie wie wahnsinnig verprügelt. Sie kriegte Prügel und schwieg, sie hat zu ihm gesagt, egal, wie er sie schlägt, sie würde deshalb nie weinen, »Es ist egal, ich wein doch nicht.« Also, je mehr er prügelte, um so weniger würde sie weinen, sie würde überhaupt nicht weinen. Sie hat gesagt, die Striemen von der Peitsche würden bleiben. Vierzehn Tage lang hat er sie nicht gesehen. Der Alte ließ sie nicht aus dem Haus. Als die vierzehn Tage um waren, sagte er zu sich selbst wie ein Verrückter, »Verdammt! Wo ist das Mädchen abgeblieben, hat der Alte sie womöglich umgebracht?« Dann machte er folgendes: Er hatte einen Bekannten, der wohnte ganz in der Nähe von ihr, also ging er zu dem Bekannten, vielleicht bekam er sie ja von weitem zu sehen. Da sagte der Freund, verdammt, der wußte von der ganzen Geschichte, »Scheiße, Mann! Das Mädchen macht deinetwegen schreckliche Sachen durch! Der Vater legt sie jeden Tag übers Knie«, da sagte er sich, »Verdammt, dieses Schwein«, er überlegte hin und her, was er machen sollte, klar? Sie hatte da eine Schwester, die mochte ihn auch, aus zwei Gründen, sie flirtete gern heimlich mit ihm, und manchmal brachte sie eine Nachricht von ihrer Schwester, so war das. Und die Schwester sah ihn, wie er bei dem

Freund an einem Zuckerrohr lutschte, und winkte so, klar?, machte so mit der Hand. Er fragte, wie es steht und so weiter. Da zeigte sie dann die Stelle, wo der Kerl immer prügelte, aber wer den Körper voll mit blauen Flecken hatte, war Açucena, nicht die Schwester, aber die Schwester zeigte ihren Rücken und die ganzen Beine, bis dicht an ihren braunen Po, »Hier hat er geschlagen, hier und hier.« Na gut. Da tat ihm die Açucena sehr leid, er hat nämlich ein gutes Herz.

»Der Alte hat dir das Steak geschenkt, er hat überhaupt nichts gemerkt.«

Er sagte zu seinem Bekannten, »Komm, wir gehen hin«, und der Freund sagte, »Ja, komm.« Der Alte war nicht zu Haus, »Was ist mit dir los?«, und sie sagte, »Mein Vater prügelt mich jeden Tag, und abends bringt er den Makkaroni mit her.« Makkaroni, das war der Stierkämpfer, der hatte den Spitznamen Makkaroni. »Jeden Tag bringt er den Kerl her, und ich muß dann neben ihm sitzen. Ich könnte mich vor Wut umbringen.« Noch am selben Tag ist sie von zu Hause weggegangen und zu der Frau gezogen, zu der er sie brachte, eine Alte, eine gutmütigere als die hatte noch keiner in seinem ganzen Scheißleben erlebt. Sie hatte ein Haus auf dem Land, das war wirklich toll. Die Alte, die machte die Sache neunzig Prozent einfacher. Die Frau sagte, »Sie kann hierher zu mir kommen, aber eins sag ich, du bleibst nicht hier und machst Geschichten. Ihr könnt euch treffen, ich hab sie als Tochter aufgenommen, aber ich geb euch keine Gelegenheit, Sachen zu machen, die ihr nicht sollt.« Die Alte hatte noch eine, die auch bei ihr wohnte, weil sie ein uneheliches Kind bekommen hatte, aber die hieß Teresa und war eine Schwarze.

»Die Alte stellte sie als Hausgehilfin ein, Teresa war auch ihr Dienstmädchen da auf dem Land. Die Alte war die Großmutter von Olga. Bei Olga zu Haus in der Stadt gab es auch ein Dienstmädchen, stimmt's? Du kennst es.«

Aber er erinnert sich nicht mehr daran. Diese Alte hatte

Kinder, aber die Kinder waren verheiratet und so, sie war mit dem Alten allein, sie hatte gern Gesellschaft im Haus. Er brachte seinen Ziehbruder, der auch schwarz war, zu Teresa. Und dann überlegten er und der schlaue Schwarze sich das ganze Spiel, »Ha! Das wird ein Gebumse!« Dann dachte er sich einen todsicheren Plan aus. Er war immer derjenige, der alles genau plante. »Heute machen wir das so.« Und dann guckten sie sich die Mangobäume an, lutschten Mangos aus und so, guckten auf das Tal, knutschten mit den beiden, ganz toll. Er sagte, »Heute schlaf ich mit dir in deinem Bett«, »Wie willst du das machen? Wenn die Alte das merkt, wirft sie mich raus.« Açucena hatte nämlich vor der netten Alten Respekt bekommen. Da sagte er, »Was soll's, nach dem, was du meinetwegen schon abgekriegt hast und ich auch, da müssen wir uns jetzt wirklich rächen.«
»Açucena war Indianerin.«
Er hatte Angst, ihr Vater könnte eines Tages am Fluß auftauchen, zusammen mit diesem Makkaroni. Er könnte ihm auflauern. Aber er hat ihn nie wieder abends gesehen, nur tagsüber in der Stadt. Und die Alte servierte ihm Açucena auf dem Tablett und ahnte nichts. Als sie da zu viert unter dem Mangobaum knutschten, das ging schon ganz schön weit, da sagte er zu ihr, »Jetzt gleich gehen wir, der Schwarze und ich, mit rauf und schlafen mit euch beiden«, der eine auf der einen Seite und der andere auf der andern, das Bett war nämlich sehr groß. Sie sahen sich zu viert das Haus an, es hatte zwei Stockwerke, »Wir machen das so: Wir stellen eine Leiter an, du holst gleich die Leiter und stellst sie an und tust so, als ob du hier auf der Leiter Apfelsinen pflückst.« Das machte sie dann, stellte sie an einen Apfelsinenbaum, an den nächsten und so, aber unterdessen wurde es schon dunkel, nicht?, und als es richtig dunkel war, stellte sie die Leiter unter das Fenster, das hatte er ihr gesagt. Sie stellte die Leiter ganz genau hin, er wollte die Leiter raufsteigen und dann – zack! – durch

das Fenster. So gegen sieben fuhren sie zum Essen weg, die Mädchen gingen auch duschen, dann richteten sich die beiden im Zimmer ein. Als es so um zehn rum war, kamen sie an. Da kam der Alte, nämlich der Mann von der Alten, aus der Stadt zurück. Sie waren schon auf der Leiter, er kam trappetap-trappetap angeritten, also stiegen sie wieder runter, fielen von der Leiter runter, versteckten sich zwischen den Pflanzen, »Besser, 'n bißchen warten, ne?« Aber sie hielten es nicht mehr aus, die Minuten vergingen, »Scheiße, ich halt das nicht mehr aus, und sie wartet schon sehnsüchtig mit offenem Fenster.« Kurz danach ging der Alte mit seinen Stiefeln in das Haus rein, das hatte einen Holzfußboden; er machte einen Höllenlärm. Sie sprangen durch das Fenster rein ins Zimmer und blieben bis fünf Uhr früh da. Er mit der einen, der Dunkle mit der andern, alle ganz zittrig.

»...«

Verdammter Scheiß, so ein Theater, großer Gott! Aber sie hielt es nicht aus, er als Anfänger, da dauerte es, er machte es langsam mit ihr und so viel schlimmer, als einmal kräftig stoßen und so, spielte so rum, aber sie wurde ganz wahnsinnig, so ging das die ganze Nacht.

»...«

Zwischen die Beine in das kleine Loch, das bei ihr zu war, steckte er ihn und dann stieß er 'ne Weile. Jeden Tag machte er es bißchen weiter, klar? Und sie, ja, ja, und dann nein, und an einem Tag, da machte sie ihn ziemlich nervös, da stieß er richtig mit Kraft zu und alles platzte. Danach fuhr er dann gleich nach Haus. Na schön.

»...«

Frauen sind zu kompliziert, am besten, man kümmert sich nicht drum und schiebt einfach rein.

»Ich weiß nicht, wann ich dir glauben kann und wann nicht.«

Natürlich war er drin, von da an ging alles richtig rein. Am ersten Tag, als er richtig durchkam, da hatte sie gesagt, »Ach, ich muß das aushalten, die andern halten das auch aus, warum soll ich das nicht aushalten!« Sie sagte, er sollte sich anstrengen, und er strengte sich an, sie sagte, er sollte weitermachen, mit ganzer Kraft. Jeden Tag kam er ein Stück weiter, und eines Tages kam er durch, er merkte es deutlich, sie schrie. Sie sagte, »Verdammt noch mal, jetzt hat's geklappt.« An dem Tag hat er sich auch weh getan, es dauerte bißchen, vier oder fünf Tage, bis alles verheilt war, dann machte er weiter, zackzack, aber sie war verdammt eng, wahnsinnig. Er machte mit ihr alles mögliche, in allen Stellungen, er legte sie auf den Rücken, auf den Bauch, alles, was es gibt, machte er mit ihr. Sie beschwerte sich nicht, niemals, sie hatte immer ihren Spaß, so wie es ihnen gerade einfiel, auf der Bettkante, auf dem Bett, auf dem Fußboden, im Stehen, die Hauptsache war, daß sie es machten. Er kam immer um halb vier in die Stadt zum Fußballtraining, anschließend duschte er, aß bei Olga zu Abend, ging quer über die Straße und knutschte eine ganze Weile mit Maria da Glória, richtig schön.

»Warum gaben sie dir bei Olga umsonst zu essen? Ich will die Wahrheit wissen.«

Er war ein guter Sohn. Jeden Abend brachte er seine Mutter zum Hof zurück. Alle sagten dasselbe, »Der Josemar ist ein guter Sohn.« Olgas Mutter, Olga, alle. Danach ging er dann wieder, quer durch das Zuckerrohrfeld, zu den Mangobäumen und traf sich unterwegs mit Açucena, die Leiter war nicht angestellt. Normalerweise wußte sie, wenn er in die Stadt ging, traf er sich mit Maria da Glória, zu der Zeit bumste er noch nicht mit Glória, da bumste er mit ihr. Er kam gereizt zurück und traf Açucena, und sie wurde wütend, »Verdammt, du kommst ärgerlich zurück und dann läßt du alles bei mir ab.« Da sagte er, »Ja, das tu ich, und zwar ordentlich«, weil er ihr das Glas immer richtig voll goß, »Keine Angst, reg dich nicht auf, du machst dich viel besser als sie, du machst bei dieser Party mit, aber sie nicht, sie kennt diesen Leckerbissen doch noch gar nicht, der gehört nur dir.« Da war mit ihr alles klar, sie akzeptierte

das, aber es rumorte in ihr, daß er eine andre hatte, sie wollte die einzige sein und die andere auch. Samstags gab es meist Tanz auf dem Land, er sagte zu Açucena, »Paß auf, du wartest dann und dann auf mich beim Tanz, ich geh erst in die Stadt, danach komm ich dann zum Tanz aufs Land«, »Nein, Josemar, du gehst direkt zum Tanz, sieh zu, daß du erst später aus dem Haus gehst und direkt zum Tanz kommst«, da drehte er sich um und ging ohne was zu sagen weg. Da sagte sie, »Ich warte auf dich beim Tanz, mein Schatz«, sie wußte ja, zum Schluß würde sie doch siegen.
»Ich werde ganz schnell wieder gesund, dann kann ich wieder zum Tanz gehen.«
Nein, daran glaubt er nicht, und an dem Tag sagte er zu Maria da Glória, er wär ein Mann und müßte Açucena weiter Lügen erzählen und ihr sagen, daß er sie liebte. Er fragte Maria da Glória, ob sie mit ihm einen Ausflug aufs Land machen würde, spätabends, ohne daß ihre Eltern davon wüßten. Sie sagte, das gefiele ihr nicht, weil man abends auf dem Land nicht die Vögel sieht und auch nicht die Blumen, die da ganz von allein wachsen, ohne daß man sie pflanzen müßte. Da sagte er zu ihr, so was könnte man nachts nicht sehen, aber sie sollte den Mond und die Wolken anschauen, die wären sehr schön, und die Sterne, »Wir müssen lernen und dran denken, nach draußen zu gehen und sie ansehen, und dann vergeht deine Traurigkeit auch.«
»Ich bin niemals traurig, Mama ist sehr gut, Papa ist sehr gut, unser Haus gehört zu den hübschesten in der ganzen Stadt.«
Da sagte er, »Aber ich bin traurig; wenn du nicht tust, worum ich dich bitte, bleib ich heut die Nacht über im Haus von der gutmütigen Alten, die Açucena aufgenommen hat; ich steig die Leiter rauf, und wenn Açucena von mir ein Kind kriegt, muß ich sie heiraten.« Dann sagte er noch, wenn er Açucena heiraten würde, würde er mit ihr auf seinen Hof ziehen, seine Mutter hat ein Haus, in dem sie wohnt, aber hinten gibt es noch eins, verstanden?, nur ein Zimmer, sehr

einfach, mit diesen andren Dachziegeln, von früher, klar?, verdammt, überall Affenbrotbäume und Obstbäume und so, eine Menge Bananenstauden zwischen den beiden Häusern, und ein Apfelsinenbaum, der jetzt schon groß ist und alles verdeckt, der trägt sogar schon Apfelsinen. Er sagte zu Maria da Glória, wenn sie es nicht mit ihm machte, müßte er sich weiter mit Açucena treffen. Glória war vierzehn geworden, und abends paßten sie immer sehr auf sie auf, »Morgen, Sonntagnachmittag sag ich Mama, daß ich zum Lernen zu meiner Freundin geh, die wohnt weiter weg, und dann komm ich mit zu deinem Hof.« Und er sagte nein, am Sonntag nicht, da wär seine Mutter immer den ganzen Tag auf dem Hof.

»Es muß aber morgen sein, am Sonntag, ich halt es nicht mehr aus.«

Er wartete auf halbem Weg auf sie, wo sie niemand sehen konnte, sie gingen in den Busch und kamen von hinten auf den Hof. In dem Hinterhäuschen hatte er ein Bett gemacht, ganz sauber und ganz weiß. Sie zitterte, weil es das erste Mal war. Er machte ihr Kleid auf und fing an, an ihren kleinen Brüsten zu nuckeln, die schon ganz rund waren. Glória sagte, es wär schade, daß es nicht dunkel wär, dann könnten sie den Mond und die Wolken ansehen, die so schön wären, und die Sterne, und dann könnte seine Traurigkeit vergehen. Er antwortete, er wär nicht traurig, es wär der glücklichste Tag in seinem Leben, ihr Hochzeitstag. Da sagte sie, sie sollten nicht noch mehr Zeit vertrödeln, sie wollte seine Frau werden, und dann könnte man sie nicht mehr trennen. Und er sagte zu ihr, er würde sie gleich ganz aufmachen, dann könnte ihr Vater ihn nicht auf die Straße setzen, weil er arm und ungebildet wär. Ja, ihr Feind war nämlich ihr Vater, ihrer Mutter gefiel das, daß sie zusammen waren.

»Wer ist denn da? Wer hat die Tür aufgemacht? Wer ist da wie eine Furie reingekommen und schreit dich an? Wer rüttelt dich und ohrfeigt dich so? Wer macht dir dein ganzes Leben kaputt?«

Der Apfelsinenbaum war noch nicht groß, man konnte das Hinterhäuschen von der Küche vom Hof aus sehen. Die Mutter merkte, daß jemand reingegangen war, Diebe, dachte sie, und kam mit einem Besen und wollte sie verjagen, egal, wer das war. »Was willst du dir da aufhalsen, heh, mit der Tochter von andren Leuten, heh! Paß bloß auf, hörst du??!!« Und weiß der Himmel was noch. Und er sagte, »Nein, Mutter, schlagen Sie mich nicht so, ich hab sie ja noch nicht mal ganz ausgezogen! Sehen Sie denn nicht, es konnte doch noch gar nichts passieren?!« Mit seiner Mutter war das nämlich sehr schwierig, stimmt's? Sie will immer, daß alles seine Ordnung hat, nicht?, und da begriff er ... was begriff er da? Daß die Alte womöglich reden würde, stimmt's, genau das, oder? Die würde es womöglich der Mutter von Maria da Glória erzählen. Wenn er sie noch einmal zum Hinterhäuschen mitbringen würde.

»Wenn du nach Haus kommst, sag deiner Mutter nicht, daß sie dir was verpfuscht hat, sie ist jetzt sehr krank. Aber sie hat dir was angetan, was sich nie wieder gutmachen läßt.«

Seit Ewigkeiten hat er nichts mehr von Glória gehört, er hofft nur, daß Gott sie beschützt. Oder für den Fall, daß sie wieder gesund wird, daß sie ihn nicht vergißt.

»Deine Mutter ist auch krank, sag nichts zu ihr, hörst du? Was hätte das auch für einen Sinn? Sobald du ankommst, gib ihr das Steak, sie macht es mit etwas Reis fertig. Und ich werde auch nicht wieder gesund, mach dir deshalb keine Sorgen. Solange du nicht zu mir nach Cocotá kommst, werde ich nicht wieder gesund, keine Angst.«

Sechstes Kapitel

»Warum ist das Haus so schmutzig? Keiner hat das Geschirr von gestern abend abgewaschen. Als du heute müde nach Haus gekommen bist, weil du den ganzen Tag gearbeitet hast, war das Bett noch nicht gemacht.«
Er kam um neun Uhr abends von der Arbeit nach Haus, dieses verfluchte Rio de Janeiro, so weit von seinem Haus, die ganze Fahrt im Bus über hat er geschlafen. Weil es nichts Neues zu sehen gibt, verdammt. Eines Tages werden sie ihm noch die Brieftasche klauen, dann hat er keine Papiere mehr, Geld hat er wegen der Alten sowieso nicht mehr. Sie ist zum Hof gefahren, sie ist krank, sechzehn Stunden im billigsten Bus, aber sie ist heil angekommen. Er hat zu Gott gebetet, daß sie die Fahrt durchhält, und wenn sie nicht heil angekommen wär, hätte ihm irgend jemand ein Telegramm geschickt. Auf dem Hof wird sich die älteste Tochter um sie kümmern, bis sie wieder gesund ist, verstanden?, dann kommt sie um die Operation herum. Von ihrer letzten Operation hat er sich noch immer nicht ganz erholt, er hat schon so manche Pleite erlebt, keinen Pfennig mehr in der Tasche gehabt, nicht? Er ist nie zu ihr gegangen und hat gesagt, »Mutter, jetzt hab ich keinen Groschen mehr.« Warum? Weil sie so gut ist und dann sagen würde, »Mein Kind, du hättest mich sterben lassen können, dann hättest du jetzt noch Geld, oder etwa nicht?« Er hatte nur noch das, was er für sein Auto zusammengespart hatte, zum ersten Mal in seinem Leben würde er endlich ein Auto haben, »Kindchen, hast du auch genug Geld, daß du ohne Sorgen leben kannst?« Und er sagte, »Ja, ich hab genug.« Jetzt hat er noch ein Dach über dem Kopf, das Dach da, und sonst nichts, in dem Häuschen in Santíssimo.
»Wie ist denn Santíssimo? Ich bin noch nie da gewesen, der Name ist schön, ein Heiliger, der vor allen Gefahren schützt. Aber dich schützt er vor gar nichts.«

Da gibt's viele Hügel rundherum, viel Wald, aber innen drin in Santíssimo, da sind hauptsächlich Supermärkte, Blumen, da gibt's Gemüse. Bei diesen Sachen gibt's große Fortschritte, nicht? Das wächst von Tag zu Tag, jeden Tag, wenn man da vorbeikommt. Nur fünf Minuten von Campo Grande, da gibt es heute einen Busbahnhof, wunderschön, ganz modern, von wo die Busse losfahren, in andere Bundesstaaten, nach ganz andren Orten. Alles elektronisch, nicht?, das funktioniert alles automatisch. Und die anderen Gebäude sind nicht alt, o nein. Eine neue Stadt, die wird nämlich immer jünger, was alt war, das reißen sie ab und machen es neu, und in einem Gebirge haben sie den neuesten Fernsehturm gebaut. Häuser mit hübschen Dächern, und ein paar sind Häuser, die niemand abreißt, er ist dran vorbeigegangen und da stand 1910 drauf, die reißen die Leute lieber nicht ab, die Häuser sind sehr solide, nicht? Damals kostete der Zement nichts, den holte man einfach aus dem Berg, und heutzutage kostet der Sack Zement fünfhundert Cruzeiros. Und da, wo die Häuser aufhören, stehen die anderen, die einfacheren, und vor einiger Zeit ist sein Vater vom Land weggegangen, weil der Hof nichts mehr hergab, um im Hafen als Stauer zu arbeiten. Er hatte ein Grundstück auf Raten gekauft, und mit dem Sohn zogen sie das Haus hoch, nur ein Zimmer und Küche, und dann das Badezimmer und dann noch ein Zimmer. Aber der Vater wollte aufs Land zurück, und die Mutter und er sind dageblieben. Warum beschützt der Heilige ihn nicht?

»Wenn es in der Nacht regnet, dann ist das Dach da und läßt den Regen nicht durch.«

Ein Dach über dem Kopf fehlt ihm nicht, aber wenn die Mutter wieder operiert werden muß, dann ist das einzige, was noch verkauft werden kann, das Häuschen da. Wenn sie den Kies braucht, kann er ja nicht zu ihr sagen, sie soll es nicht verkaufen, oder?

»Warum magst du nicht, daß man dich vom Haus gegenüber beobachtet? Warum laden sie dich jeden Abend bei

Olga zum Essen ein? Warum lassen sie dich rein, wenn sie dich, kaum daß du ihnen den Rücken gekehrt hast, als Hinterwäldler bezeichnen?«
Heute, am Freitagabend, gibt es bestimmt Tanz auf dem Land, er ist furchtbar spät weggekommen, er war bei Glória gewesen und von da waren sie zu einer Freundin von ihm gegangen, in einer anderen Gegend, dann wieder zu Glória zurück, da hatte er jede Freiheit, man schätzte ihn sehr in dem Unternehmen da, auf dem Besitztum, um es mal so zu sagen. Da hielt sie ihn meist bis spät fest, damit er weniger Zeit beim Tanz auf dem Land hatte. Aber an dem Tag war er verdammt spät dran und legte sich ordentlich in die Pedale, er und der Rogério, das weiß er noch wie heute, ein Freund, der auch eine Freundin ganz in der Nähe von Glória hatte, sie machten genau ab, wann sie losfahren wollten, der andre war zuerst da, kam pünktlich und wartete auf ihn, alle beide auf dem Fahrrad, aber im Dunkeln, Lampen hatten sie nicht. Als sie so den halben Weg hinter sich hatten, er war ganz weiß angezogen und fuhr wie ein Verrückter auf dem Rad, da stand mitten auf der Straße eine Kuh, »Ach, du heiliger Bimbam!«, das Rad raste auf die Kuh drauf und fuhr direkt drüber weg, da kam der andre und fuhr auch auf die Kuh drauf und brach sich den Fahrradlenker. Verflucht, das war irre, da ließen sie das Rad an einem Busch stehen, nicht?, in einem Dickicht, der Rogério stieg hinten bei ihm drauf, dann fuhren sie weiter zum Tanz, aber er kam ganz verdreckt an und hatte sich an der Stirn verletzt, das hier hatte er sich alles aufgerissen, die Ellbogen, nicht?, unglaublich, aber na gut, der Tanz war toll, die Ziehharmonika legte richtig los. Kurze Zeit später machte der Rogério das Loch mit der Schlange auf und starb. Aber an dem Abend, da waren die Mädchen in heller Aufregung, weil der andere auch dasselbe Spiel trieb, für Schweinereien hatte er eine Freundin auf dem Land. Er kam in der Finsternis bißchen abseits vom Fahrweg an, guckte sich um, und da lehnte Açucena an einem Affenbrotbaum, ziemlich traurig. Er kam

also an, packte sie von hinten, gab ihr einen ordentlichen Kuß, daß es nur so knallte, schmatz!, da sagte sie, »Mein Gott noch mal, wieso kommst du denn so spät?! Es hat schon Bier gegeben und Kuchen und was weiß ich noch alles, gegrillt wurde auch schon.« Da sagte er, »Das macht nichts, ich weiß, was für mich ist, ist gut aufgehoben«, und als er das sagte, da faßte er ihr unten an ihre Muschi, nicht? Da sagte sie ganz böse, »He!«, und er sagte, »Du hast für mich kein Bier aufgehoben, stimmt's? Und Kuchen hast du auch nicht für mich aufgehoben, dann mußt du mir was andres geben. Und genau deswegen bin ich auch hergekommen und nicht wegen dem Scheißbier und auch nicht wegen dem Scheißkuchen, verstanden?« Da sagte sie, »He, du unverschämter Kerl!« Sie schimpfte, redete ein bißchen, danach war wieder alles gut, sie gingen tanzen, stimmt's?, Samba, Bolero, Walzer. Es gab eine Menge Lieder, die sie besonders gern mochte, aber wie die hießen, weiß er nicht mehr, von Musikstücken kann er sich nie die Namen merken. Açucena mochte damals auch Roberto Carlos, als der anfing. Er kann sich noch an eins von den Liedern erinnern, das von den Blättern, die fallen und dann wieder wachsen. Glória mochte das Stück auch gern, alle beide mochten Roberto Carlos, sie himmelten ihn an. Er ist sogar zweimal da in der Stadt aufgetreten, da war was los. Alle beide waren da, er konnte ja niemand einsperren, er mußte auf dem Fest hin- und hergehen, gab der einen einen Kuß, gab der anderen einen Kuß, den ganzen Abend ging das so, und zum Schluß passierte dasselbe wie immer. Er lieferte Glória ab, brachte sie nach Hause, und dann ging er mit Açucena nach draußen, ging mit ihr dieselbe Straße entlang, wo sie damals das Fahrrad abgestellt hatten, von dem Jungen, der auch auf die Kuh draufgefahren war, der Rogério, der dann später gestorben ist.
»Denkst du dauernd an Rogério?«
Nein, er hat schon lange nicht mehr an Rogério gedacht. Wenn einer ins Jenseits abschwebt, vergessen die Leute ihn,

keiner denkt mehr an ihn. Er kam mit Açucena die Straße lang, die am Hof vorbeiführt, das war nicht Rogério, der da mit Açucena kam, obwohl er damals noch lebte, sondern er, Josemar, die erinnern sich doch noch alle an ihn?, er, der jetzt am Leben ist, Josemar, alle erinnern sich an ihn, oder? Er ging da mit ihr diese Straße lang, nur sie beide ganz verträumt, ganz seelenruhig, sie blieben unterwegs stehen, es war noch eine ganze Ecke, das Leben war schön, dufte, eine Menge Mädchen außer den beiden, klar?, immer mal 'ne andere, eine, zwei, drei beim Tanz, so war das: es sah fast so aus, als wär er der Sheriff, mit einer Menge Geld in der Stadt, aber so war das nicht, die Frauen waren immer nur so scharf auf ihn. Die andern Typen, reiche Kerle mit Riesenschlitten, die hatten nicht solchen Erfolg wie er. Die andern Typen, alle mit reichem Papa im Hintergrund, klar?, alle aus Millionärsfamilien, fragten, »Mann, Josemar! Wie schaffst du das, daß du soviel Frauen hast? Unsereins kriegt keine einzige.« Er sagte, »Mann, also das weiß ich nicht, wie das kommt, Mann, das liegt an mir. Soll ich dir zeigen, wie das geht?« Und dann legte er sie allesamt rein, verstanden?, vielleicht merkten sie es ja dann, aber bei denen ging nichts, bei Frauen kriegten die es mit der Angst.

». . .«

Für ihn war das wirklich 'ne schöne Zeit, aber jetzt muß er seine Probleme lösen, er will nämlich dieses Jahr alle seine Probleme lösen und das Leben bißchen mehr genießen, in letzter Zeit hat er nämlich überhaupt nicht gelebt. Verdammt, er hat Probleme mit der Arbeit bis hierher, Probleme mit der Krankheit von seiner Mutter, er sitzt total in der Patsche. Da hat er keine Zeit, da klappt das nicht, daß er alles vergißt und ein bißchen was für Sex übrigläßt, verstanden? Wer was vom Sex haben will, der muß alles vergessen, stimmt's? Muß sagen, »Ich bin niemand was schuldig, ich hab mit niemand Probleme.« Dann läuft die Sache, dann ist man bei der Liebe ganz bei der Sache. Soll's doch der Teufel holen, wenn er mal ein, zwei Tage nicht arbeitet, ist es okay. Da denkt er sich noch nicht mal was dabei, nicht? Er bleibt gern allein zu Haus, wenn die Alte nicht da ist.

»...«

Manchmal denkt Glória nicht an ihn. Sogar stundenlang. Das muß dann sein, wenn sie schläft. Hoffentlich ruht sie sich aus und kann richtig ruhig schlafen. Aber wenn sie aufwacht, denkt sie an ihn, oder? Er weiß nicht, ob sie sogar im Krankenhaus war, er weiß, daß sie bei verschiedenen Untersuchungen war, zum Röntgen und so, Herzspezialist, Psychiater, bei all den Leuten ist sie gewesen. Aber die richtigen Einzelheiten über die Krankheit weiß er nicht genau, nein, die weiß er wirklich nicht. Aber ihre Krankheit, glaubt er, die ist wirklich deshalb gekommen, nicht?, weil die Geschichte, verdammt noch mal, zu Ende war, und da mußte sie ihn dann festhalten. Sie hat diese Sachen gemacht, sich krank gestellt, damit er zu ihr kam, sie besuchte, diese ganze Geschichte, so muß das sein, glaubt er. Weil sie eigentlich kerngesund ist, robust, eine knackige Blondine. Dafür gibt es keinen Grund, nicht?, daß sie nervenkrank wird, ihre Familie war nicht so. In dem letzten Sommer damals war es heiß, richtige Hitze, fast nur Hitze, er war viel mit Glória unter dem Mangobaum. Sie in Shorts, Minishorts, ganz kurze, wo die Pobacken fast rauskommen, er wurde davon ganz fickerig, er konnte da nicht hinsehen, da wurde er wahnsinnig, nicht? Da stand er und redete Stunden und Stunden, stieg auf den Mangobaum, sie stieg auch rauf, sie kletterte ganz bis zur Spitze, Mangos pflücken, er guckte ihren Hintern an und so. Und er hatte noch mehr Frauen, die das auch mit ihm machten. Glória nicht, mit ihnen ging das schon zu Ende, er bereitete alles vor, weil er aus der Stadt weg wollte, er weiß noch, wenn sie damals ausgingen, da wurde sie schon anders, veränderte sich schon, wurde ganz verzweifelt, verlor richtig die Beherrschung, sie war nicht mehr wie früher, sie rechnete damit, sie ahnte, daß was passieren würde. Von dem Augenblick an ahnte er auch, daß was Schlimmes passieren könnte. Da ist er schnell verschwunden, so wie Wassertropfen, wenn sie auf die Glut im Feuer fallen. Im Grunde hat er sie auf Sparflamme gekocht, im Wasserbad, sie ordentlich vorbereitet, weil er sie verlassen wollte.

»...«

Wie er sie vorbereitet hat? Das war so: Sie trafen sich damals jeden Tag, das war ganz fest abgemacht. Meist von acht bis elf Uhr, bis Mitternacht, dann ging er auf zweimal in der Woche über, am Wochenende blieb er kürzer, er kürzte die Zeit immer mehr. Er sagte immer, »Morgen bin ich dann und dann da.« Dann war er zu der Zeit nicht da, kam eine, zwei oder drei Stunden später und ging ein gutes Stück früher als sonst wieder weg. Es war nicht mehr lange bis zu seiner Abreise aus der Stadt, und sie mußte das mit ihm machen, bevor er wegging.

»...«

Sie sagte, »Gestern abend bist du nicht gekommen, und heute früh hab ich mich an den Blumen gerächt, ich hab sie nicht gegossen, und du bist an allem schuld; der Garten verkommt, du wirst schon sehen.« Dann, wenn es Feste gab, zum Beispiel gibt es ein Reisfest, das war neulich erst, da kommen die Leute massenhaft, klar?, in die Stadt. Auf den Festen konnten die drei sich begegnen, Glória, Açucena und eine Lehrerin, die es auch mit ihm machte. Und die Freundin von Glória, die zählt aber nicht, vier Frauen hinter ihm her, in so einer kleinen Stadt. Da mußte er sich dann verdrücken, manchmal ging er in die Kneipe Billard spielen. Stundenlang Billard, und sie drehten ihre Runden, dahin und dorthin, und suchten ihn. Da passierte so ein Ding, er rief einen Freund, »Komm, ich spiel gegen dich, ich hab nämlich ein Problem, so und so.« Da verdrückte er sich und spielte stundenlang, biff, baff, bumm. Es wurde so acht Uhr, neun, zehn Uhr, und das Fest ging die ganze Nacht, stimmt's? Diese Maria da Glória, schlau wie sie war, die ging ihn suchen, von Kneipe zu Kneipe, wo steckte er bloß? Weil sie ihn immer ausfragte, sagte er, »Was redest du da? Ich hab mich nicht mit 'ner Frau am Fluß rumgetrieben. Nichts da, ich hab Billard gespielt«, und so, in der und der Kneipe, aber er sagte immer verschiedene Kneipen, sagte nie eine bestimmte Stelle, keinen bestimmten Treffpunkt. Da entdeckte Glória ihn so um halb elf. Sie sah ihn und ließ drinnen nach ihm rufen. Aber er ließ ihr sagen, »Kommt nicht in Frage, ich spiel hier eine Partie Billard um Geld, ich hab jetzt keine Zeit für dich, klar? Geh dich mit deiner Mutter vergnügen, geht spazieren, ich komm dann später nach.« Aber sie schimpfte und so, gab sich nicht zufrieden, drehte noch ein paar Runden, er ließ sich nicht sehen, sie ging ihn holen. Sie ging rein, »Ach so, du willst wegen der Frauen da draußen nicht rauskommen, ich weiß, da sind 'ne Menge Frauen, die sagen was weiß ich, daß ich in Wirklichkeit gar nicht deine feste Freundin bin, daß sie mich verprügeln, sich mit mir anlegen wollen, lauter solche Sachen.« Er sagte, »Prügeln, so ein Quatsch, stell dich nicht blöd an, hörst du? Ihr seid doch Freundinnen und so.« Er spielte das Spiel zu Ende, nicht?, und ging mit ihr raus. Aber sie wollte unbedingt dableiben, damit die anderen sie zusammen sahen, verstanden? Da sagte er sich, »Verdammt, das geht nicht gut, weil die andern das übelnehmen, und dann bin ich alle Frauen los. Soll ich nur noch eine haben?« Da mühte er sich ab, sie direkt nach Haus zu bringen, »Paß auf, mein Schatz, mir geht's nicht gut, wir gehen direkt zu dir, in Ordnung?« Sie sagte, »In Ordnung.« Aber sie blieb da, wollte nicht von der Kneipentür weg. Er nahm sie am Arm und sagte, »Komm, wir gehen.« Da gingen sie direkt zu ihr nach Haus, als sie ankamen, sagte sie ganz kläglich, so ginge das nicht, er verheimliche ihr was. Meist kam dann ihre Mutter ins Wohnzimmer, »Ihr redet hier soviel.« Weil sie sonst nicht viel redeten, verstanden?, sonst ging es immer um Küßchen, hier anfassen, da anfassen, sich streicheln, so in den Arm nehmen, klar?, was ist?, keiner hat sie gesehen?, kann sich denn keiner erinnern?

»...«

Was wohl aus Açucena geworden ist? Was er ihr wünscht, das wär, daß es ihr gutgeht, ob verheiratet oder nicht, so, wie es gerade ist, aber daß sie richtig glücklich ist, so wie sie beide das früher waren. Früher, als er noch nicht aus der Stadt weg war, noch nicht so viel Zeit vergangen war, seine Mutter noch nicht krank geworden war und diese fettigen Teller da den Abfluß im Spülbecken noch nicht verstopft hatten. Und er noch nicht diese beiden Kinder in die Welt gesetzt hatte, die Maria da Glória nie gesehen hat.
»Wo sind deine Kinder?«
Sie glaubte alles, sogar so eine Lüge, einmal hatte er sich ausgedacht, daß er ihr was vormachen wollte, um zu sehen, ob sie ihm glaubte, aber vielleicht auch, weil es ihr dann mit ihrer Krankheit besser gehen würde; eines schönen Tages würde Glória einen kleinen vierjährigen Jungen oder einen sechsjährigen vorbeigehen sehen, beide ihm wie aus dem Gesicht geschnitten, nicht?, und damit wäre es einfacher für sie, noch eine Weile zu warten, bis sie ihn sah, von Kopf bis Fuß.
»Ist das wahr?«
Er hat einen, der ist vier, der frechere, und einen, der ist sechs.
»Wer ist die Mutter?«
Er hat kein Kind bekommen, eine Frau hat von ihm ein Kind bekommen. Er liebt sein Kind wirklich, verstanden?, in Santíssimo. Es sind sogar zwei, nicht nur eins. Das eine mit einer Frau, das andere mit einer andren.
»Sehen sie dir ähnlich?«
Die sind Klasse, frech und wild, aber er lebt nicht mit ihnen zusammen, klar?, er wohnt ganz getrennt, ohne Verbindung, aber sie gehen mit ihm, wenn's ihm mal einfällt, kein Problem. Sie sind sich ähnlich, von verschiedenen Müttern, aber nach ihm geschlagen. Er liebt sie, über alles liebt er sie, es tut ihm leid, daß er nicht ganz und gar für sie dasein kann, das ist der Grund, warum er immer sagt, daß sein Leben so verdammt kompliziert ist.

»Lieben sie dich?«
Sie sagen Papa zu ihm. Nein! Bei denen gibt's nie einen andren Mann, einen Stiefvater. Das ist nämlich so: Die Frauen, wenn er mit ihnen geht und so, die lieben ihn dann so sehr, daß sie nie die Hoffnung aufgeben. Daß er zurückkommt. Aber er kommt nie zurück, nein. Er taucht auf und verschwindet wieder.
»Sie warten immer weiter auf dich?«
Er glaubt, das ist so: Seine Söhne, am liebsten möchte er, daß sie Fußballer werden, klar? Er würde alles tun, um seinen Söhnen beizubringen, daß sie Fußballer werden, das bringt nämlich Geld, oder sonst irgendwas lernen und so. Aber bis die groß sind, wer soll bis dahin ihre Ausbildung bezahlen? Das kostet ja eine Menge, stimmt's? Wenn er könnte, würde er sie auf eine Privatschule schicken, aber das kann er nicht, wie soll er das bezahlen? Das geht einfach nicht, das Geld, das man verdient, das reicht noch nicht mal, um was zum Anziehen zu kaufen. Für seinen Jüngsten will er eine Privatschule bezahlen. Er liebt sie wirklich sehr, er hat sie von Geburt an bis heute nicht aus den Augen gelassen. Ein Vater wünscht seinem Kind im allgemeinen alles Gute, er möchte, daß sein Kind gut erzogen ist, gebildet, so ein richtig nettes Kind, klar?, so wie die beiden. Sie brauchen ihn nur zu sehen, da kommen sie angelaufen und klammern sich an ihn, küssen ihn, immer wenn sie mit ihrer Mutter in der Ferne vorbeigehen, dann, »Oh! Da ist mein Vater!« und so, »Ich lauf hin und geb ihm einen Kuß!« Dann kommen sie angelaufen, umarmen ihn, küssen ihn, dann gehen sie weiter, gehen weg, alles klar. Dann gehen sie in ihr Viertel, das ist ziemlich weit, Santíssimo ist nämlich keine so kleine Stadt. Aber manchmal tauchen sie auch zu Haus bei ihm auf, alles klar. Sie läßt sich da auch manchmal sehen, er hat sich nicht mit ihr überworfen, nicht?, da reden sie, unterhalten sich. Nur, ein Verhältnis, das haben sie nicht mehr.
»Waren es nicht zwei Frauen?«
Er hat nie mit ihr zusammengelebt. Er ging mit ihr,

manchmal sind sie ausgegangen. Sie ist Lehrerin an der städtischen Schule, früher hatte sie ein Auto, da war sie wie verrückt und holte ihn immer ab, na gut, in Ordnung, »Fahr mich irgendwohin, wohin du möchtest, alles klar.« Sie holte ihn zum Strand ab, er aß Krabben, sie bezahlte alles, sie fuhren los und machten es im Auto, Hauptsache, das Leben genießen.

»...«

Die andre auch. Dieselbe Geschichte, alle beide, sie waren Freundinnen. Die eine hat ihn mit der andern bekannt gemacht. Ihre Freundin mochte ihn, da hatte er dann alle beide gleichzeitig. Er ging mit der einen aus, dann mit der andern, und dabei wußte keine von beiden, daß er mit der andern ausging. Lehrerinnen, alle beide. Sie gingen aus und so und kriegten einen dicken Bauch. Sie kommen zurecht, kein Problem, und damit hat sich's. Die beiden Kinder wurden geboren. Manchmal hat er das Foto in der Brieftasche. Zwei Männer, Männer wie der Vater. Er hat ein Foto von ihrem Geburtstag, da ist er immer dabei. Ist noch gar nicht lange her, da war sein eigener Geburtstag. Verdammt schlechtes Jahr, er hat nichts bekommen, Scheiße, keiner hat ihm was geschenkt, er wartet noch immer, da kommt bestimmt noch was. Daß sie heiraten, das will er nicht, die sollen ihr Leben lang Junggesellen bleiben, verdammt, wenn sie zwanzig sind, sieht das auf der Welt ganz anders aus, was rechnen die, wie das in zwanzig Jahren aussieht? Besser allein, ohne Probleme.

»...«

Er wußte, er brauchte nur zu warten, eines Tages würde Glória es mit ihm machen. So langsam, langsam ging er damit an sie ran, praktisch vierzehn Tage nachdem sie angefangen hatten, zusammen zu gehen, »Wann ist es damit soweit?« Sie verstand das nicht, »Ich seh schon aus wie ein richtiges Mädchen, aber ich bin noch nicht dreizehn.« Er zog die Schlinge immer fester.

»...«

Schon über ein Jahr gingen sie zusammen, an dem Tag, als sie losheulte. »Paß auf, ich mach noch Schluß mit dir, weil du mir nicht alles erlaubst. Deinen schönen Körper anfassen und so.« Und einmal paßte sie nicht auf, als er einfach zu ihr sagte, »Guck mal, was für ein hübsches Chamäleon! Guck mal da, auf der Wand, wirklich hübsch, dieses Chamäleon!« Da drehte sie sich um und sah hin, und er nutzte das aus und legte die Hand drauf, auf ihre schöne Muschi. Auf das kleine Löchlein, das sie da ganz geschlossen zwischen ihren Beinen hatte. Sie bekam einen Schreck, er nahm ihre Hand und ließ nicht locker, hielt sie fest, drückte richtig, machte es sogar bißchen mit Kraft, damit sie nicht immer nur ihren Willen hat, und als er sie so richtig festhielt, »Was soll das? Das darfst du nicht!!!«, da fing er an, sie zu küssen, zu beißen, an ihrem Hals zu saugen, und sein Finger war die ganze Zeit in ihrem kleinen Nest an der Arbeit. Er drückte immer weiter, ta-ta-ta. Immer weiter, und sie bekam Lust darauf, sie bekam Geschmack an der Sache, und vier oder fünf Monate später, nachdem er schon in ihr rumfingerte und über das kleine Büschel streichelte, nahm er eines Tages ihre Hand und legte sie hier bei ihm drauf. Sie ließ sie kurz liegen und zog sie dann ganz schnell wieder weg. Die Zeit verging, und dann, wenn er da mit dem Finger war, nicht?, nahm er meist ihre Hand, damit sie sich dran gewöhnte. Und eines Tages legte sie die Hand drauf und ließ sie liegen.
»Ich hab die Hand von allein draufgelegt?«
Nein, er nahm ihre Hand und sagte, »Hier, drück, laß dies hübsche Händchen da liegen, bis es drücken gelernt hat.« Sie gewöhnte sich allmählich daran, jeden Tag machte sie es bißchen länger, an einem Tag zehn Minuten, am nächsten fünfzehn Minuten, und danach dann eine Stunde, zwei, drei, vier Stunden, verstanden?, und davon wurde sie dann ganz verrückt, jedesmal wenn sie sich trafen, machte er dieselbe Streichelei, immer tiefer in sie rein, damit sie sich richtig entspannte. Und manchmal mußte er aufpassen, weil sie die Fingernägel in ihn krallte, so ein Verlangen hatte sie. Aber

das war ja nur mit dem Finger, und ein Finger ist nicht dasselbe wie das andre, ein Finger tut's auch, aber das andre, das füllt aus und drückt. Die Zeit verging und verging, sie machte es immer weiter, und es gefiel ihr immer besser. Da sagte er, »Jetzt fehlt nur noch eins.« Und sie, »Wie man das macht, weiß ich nicht«, und so weiter, »das hat mir noch keiner erklärt.« Da sagte er, sie könnte unten liegen oder oben, je nachdem, wie sie möchte, kein Problem. »Ist das auch so? Tut es nicht weh?«, und dann fragte sie die ganze Zeit, ob es weh tut oder nicht, »Nein, verdammt, das tut nicht weh! Alle machen das und sagen, daß es nicht weh tut!«, und sie, »Tatsächlich, wirklich ...« und so, und er, »Na schön, demnächst wirst du es schon machen.« Sie machte also weiter, und eines Tages war sie einverstanden, mit ihm zu gehen und mit dem Bumsen anzufangen, mit der Entjungferung und diese ganze Geschichte. Sie machte einen Tag mit ihm ab. Sie kam und ließ ihn aber nicht. Sie sagte nein. Da ließ er sich drei Tage oder vier, eine Woche nicht bei ihr sehen. Und sie grübelte die ganze Zeit, wurde ganz wahnsinnig, als er sich nicht sehen ließ, sie lief herum, und er versteckte sich vor ihr. Dann kam er zurück, ließ sich wieder blicken, von einem Sonntag bis zum Sonntag drauf war er nicht zu ihr gekommen. Am Sonntag erschien er so gegen acht Uhr abends, »Hallo, wie geht's?«, da kam sie an, »Oh, du warst verschwunden!«, weiß der Himmel was noch, sie küßte ihn, diese ganze Geschichte, »Warum bist du all diese Tage nicht zu mir gekommen? Hast du keine Sehnsucht nach mir gehabt?«, er sagte, »Sehnsucht, die hab ich schon, aber du wolltest ja an dem Tag mein Spiel nicht mitmachen, du hast meinen Vorschlag nicht angenommen.« Dann hielt er noch einen Monat lang still, war ganz ernst, alles war gut, er redete nicht mehr davon. Dann überlegte er es sich, faßte sie wieder an, fing mit denselben Sprüchen wieder an, »Ich warte. Wann ist es soweit?« Sie wickelte ihn ein, sie versuchte, ihn ganz einzufangen, »Du spielst mit mir, du spielst ein gemeines Spiel mit mir, das paßt mir nicht«, und so, »aber du kannst dich drauf verlassen, wir machen das, du mußt mir nur ganz fest versprechen, heiratest du mich?« Und er, »Natürlich werden wir heiraten, ich will dich heiraten, ich liebe dich wirklich.« Und sie, »Also, damit ich das mach, müssen wir früher heiraten als geplant.« Da nutzte er das aus und machte ihr große Hoffnungen, nicht? »Nein, wir heiraten bestimmt, du kannst dich drauf verlassen, wir heiraten ganz schnell, vielleicht ist das ja eine Möglichkeit, damit es mit unserer Hochzeit schneller geht«, sagte er zu ihr. Und sie sagte, »Das geht nicht.« Da verabredeten sie sich noch mal, und sie kam. Das war auf dem Land, an einer besonderen Stelle draußen, wo es Bäume gab, aber von wegen auf der Erde, das war nicht der richtige Platz, sie war ein Mädchen aus gutem Haus, sie auf die Erde legen, das ging nicht, er, verdammt noch mal, ganz hektisch, total pleite, ins Hotel gehen oder so was konnte er nicht, er sagt, »Na schön, dann gehen wir wieder!«, da gingen sie in die Stadt zurück, bis er schließlich auf das Haus bei seiner Mutter kam, das Zimmer, das sie da hatte, er machte das alles heimlich fertig, ohne daß seine Mutter etwas merkte. Er sagt zu Glória, »Wir gehen zu meiner Mutter, in das Hinterhäuschen, das ist doch egal, ob wir von vorn oder von hinten kommen. Wir gehen einfach von hinten rein, dann sieht das keiner, verstehst du?« Spätabends machte er alles fertig, sie hatten sich das auch lange überlegt, wie er es machen sollte, er besorgte sich eine Matratze, eine alte Matratze, »Mutter, Sie müssen diese Matratze wegwerfen, diese Mistmatratze!«, da sagte sie, »Ja, stimmt, dann wollen wir mal sehen, daß wir eine neue kaufen, damit diese weg kann«, und er, »Werfen Sie diese Matratze weg, die taugt nichts mehr, weg mit ihr, die taugt nichts mehr, die ist alt und zerlöchert«, und sie, »Wo soll ich sie denn hinwerfen, Kind? Hinter das alte Häuschen?« Da packte er sie hinter das Häuschen, verstanden?, und dann paßte die Mutter einen Augenblick nicht auf, so gegen sieben Uhr abends, da ging er in das Häuschen und machte ein richtiges Bett zurecht, seiner Schwester hatte er schon eine Bettdecke geklaut, er ging zu seiner Schwester und nahm sich eine Decke, »Was soll das denn?«, und er, »Ach, weißt du, ich will mich verkleiden, daß mich keiner erkennt, und einen Typen erschrecken, der mich reingelegt hat«, und die Schwester, »Paß auf, daß der Kerl nicht bewaffnet ist und dir einen Schuß verpaßt, weil er dich nicht erkennt«, »Nein, nein, mach dir keine Sorgen, das ist nur ein Spaß unter Freunden«, da gab sie ihm die Decke, »Die ist alt und so, die brauch ich sowieso nicht mehr.« Dann ging er los, holte Glória ab, sie kamen an, zu Fuß, schauten den Himmel an, die Sterne, die Wolken und so, küßten sich und der Mond schien drauf. Und als sie schon ganz in der Nähe waren, wollte sie umkehren, da sagte er, »Verdammt! Wenn du zurückgehst, bring ich dich um!«, mit einer Mordswut, »du gehst nicht zurück, verdammt!« Aber vorher hatte er zu ihrer Mutter gesagt, sie würden etwas später kommen, weil sie mit ein paar Freundinnen wohin wollten und so weiter. Sie sagte, »In Ordnung. Meine Tochter gehört dir, du hast sie, aber so ganz gehört sie dir noch nicht. Nur so, daß ihr zusammen ausgehen könnt und so, aber nicht, damit ihr macht, was ihr wollt, in Wirklichkeit gehört sie dir noch nicht.« Aber das sagte sie immer zum Spaß. Sie gingen also los, Glória war noch nie da gewesen, sie kannte das Haus nicht, sie gingen durch die Hintertür rein, die andre Tür konnte man vom Küchenfenster sehen, und seine Brüder wußten schon Bescheid, klar?, die sagten, »Ich geh nachher hin und hör mir das Geschrei an.« Die Saukerle kamen horchen, er hatte ihnen erzählt, an dem Tag würde es ein Mordsgeschrei geben, weil die Glória es zum ersten Mal mit einem machen würde, aber als Glória und er glücklich drin waren, da machte er schnell die Tür zu, machte sie ganz dicht zu und die Fenster auch. Die Kerle blieben draußen, er hatte sie angeschmiert, sie konnten überhaupt nichts hören. Er ging gleich richtig ran, damit sie gar nicht erst Zeit hatte, sich das anders zu überlegen, und dann wurde ihr ganz kalt, wie bei Açucena beim ersten Mal. Sie weinte vor Schmerzen, zitterte, war ganz steif, und als ihr noch kälter wurde und sie davon zitterte und blaß wurde, da lag das daran, daß es ihr schon fast kam, wie Açucena, sie machte wahnsinniges Geschrei, weinte, »Ah, ah, mein Gott! Ah, ich liebe dich so sehr!« Und die Schmerzen, die Schmerzen waren zum Verrücktwerden.

»Du hast mir gesagt, das erste Mal wäre in einem Hotel gewesen, warum lügst du soviel? Oder auf dem Gras, draußen auf dem Land, ist es nicht da zum ersten Mal passiert?«

Nein, in einem Hotel hätten die Leute sie reingehen sehen. Nein, nichts da. Aber die Schmerzen waren wirklich zum Verrücktwerden, allerdings, Schmerzen oder Lust, was würde bei ihr übrigbleiben? Das war schon Spitze, zwischen Schmerzen und Lust entschied sie sich, lieber weiter Lust zu spüren.

»Ich kann mich beim besten Willen nicht an diese Schmerzen erinnern. Ich kann es einfach nicht.«

Arme Glória, sie ist nicht mehr ganz richtig im Kopf. Sie bildet sich Sachen ein, bekommt leicht Anfälle, es geht ihr nicht gut, und dann schreit sie, aber nicht so wie an dem Tag, an dem Tag hat sie auch geschrien, weil er ihr weh getan hat, so sehr, daß es zum Verrücktwerden war.

»Nachdem du weggegangen bist, wollte ich da diesen Schmerz noch einmal spüren, um mich daran zu erinnern, oder habe ich ihn vielleicht nie gespürt?«

Ihre Mutter hat ihm erzählt, daß Glória sich eines Tages mit den Fingernägeln die Brust aufgekratzt hat, über dem Herzen, bis es blutete. Aber da hat ihre Mutter schleunigst die Schere geholt und ihr die Nägel geschnitten. Sie hatte sich noch nie mit den Nägeln gekratzt, weil anfangs, als sie so eine Sehnsucht nach ihm bekam, da hat sie die Nägel in die Wand gekrallt und gedacht, das wäre er.

Zweiter Teil

Siebtes Kapitel

»Schwör, daß du mir die Wahrheit sagst, ich bitte dich.«
Er will Glória die ganze Wahrheit sagen, alles, was vor und nach ihrer Krankheit passiert ist.
»Schwör es mir, beim Leben deiner Mutter, ich bitte dich.«
Er will, daß Glória wirklich die ganze Wahrheit erfährt, wenn er das alles auf eine besondere Art sagt, geht es ihr danach bestimmt besser. Er schwört, daß er ihr die ganze Wahrheit sagen wird, er schwört es beim Leben seiner frommen Mutter, heute, Samstagnachmittag, ein Haufen Cruzeiros in der Tasche, die reichen für den Bus am Montag und eine Schachtel Zigaretten, und auf seinem Bankkonto ist viel, weil er rechtschaffen ist und sonst nichts, verdammter Scheiß. Die Mutter seiner Kinder hat ihm heute morgen gesagt, er wär ein Mann ohne Ehrenwort, diese Drecksau!, das hat sie zu ihm gesagt, und er wär der Wahrheit im Leben immer aus dem Weg gegangen, »Josemar, die Wahrheit tut manchmal weh, aber man muß ihr ins Gesicht sehen ... was ist das sonst für ein Mann? Ein Hosenscheißer! Welcher Mann hat denn Angst vor der Wahrheit? Ein richtiger Mann, der muß mehr als nur zwei Eier im Sack haben!« Ganz blind vor Wut war die, weil er ihr auf der Straße begegnet ist und ihr keinen Pfennig geben konnte.
»Mir wirst du aber die Wahrheit sagen. Ich glaube dir.«
Beim Leben seiner Mutter, das schwört er ihr. Er ist ein Mann und hat vor nichts Angst, wenn er mal im Leben was falsch gemacht hat, bittet er um Vergebung und das nächste Mal wird er sich gut benehmen, in Ordnung?
»Ich höre.«
Nach Aussage ihrer Mutter sieht Maria da Glória ihn noch immer, obwohl er weit weg ist, nicht? »Meine Tochter erzählt mir, du kämst jedesmal mit einem noch größeren Blumenstrauß, so daß du ihn gar nicht halten kannst.«

»Nein, ich habe dich nicht danach gefragt, was mit mir passiert ist, ich will wissen, was mit dir passiert ist.«
Angefangen hat alles an dem Montagmorgen, als er aus der Stadt weg ist und unterwegs nicht schlafen wollte, weil er sich all die neuen Landschaften ansehen wollte, aber später wußte er nicht mehr, was er alles gesehen hatte, weil er soviel an die Sache dachte, nicht?, die Sache aus der Nacht davor, an alles, worüber er und Glória geredet hatten, und nicht die Landschaft und auch nichts unterwegs sah. Er mußte in einen andren Bus umsteigen, um nach Bauru weiterzufahren, da standen drei Busse, einer nach Bauru, wohin der andre ging, weiß er nicht mehr, und einer fuhr in dieselbe Richtung zurück, aus der er gekommen war, wenn er den nahm, war er am nächsten Morgen wieder in Cocotá, und da ging er keine Stunde zu Fuß und war auf dem Hof und konnte die Mutter in die Arme nehmen, bevor sie wie jeden Morgen aus dem Haus ging. Er hatte nicht das Geld für die Busfahrt, deshalb fuhr er nicht sofort zurück. In Bauru fingen die Leute, die Elektriker gelernt hatten, bei der Strom- und Energiegesellschaft an, wenn es Arbeit gab. Aber Arbeit gab es immer. Und von der Gesellschaft schickten sie ihn in die Pension »Grande Bauru«. »Du schläfst mit zwei andern in einem Zimmer«, sagten sie ihm in der Personalabteilung, auf dem Hof schlief er mit einem Bruder verkehrt herum in einem Bett, mit den Füßen an seiner Nase, bis er groß war, dann schlief der kleine Schwarze da, der war zwar ein Schwarzer, aber ganz klein geraten, deshalb reichte er ihm nur bis zu den Achseln. Er wollte nicht mit jemand, den er nicht kannte, im selben Bett schlafen, wenn der Typ riesengroß war, dann konnte er ja auf dem Fußboden schlafen, wenn er was zum Zudecken hatte, nicht? Aber es gab drei Betten in dem Zimmer, für jeden eins. Zwei Typen, die ihre Familie ganz in der Nähe hatten, aber nicht zu Fuß hingehen konnten, aber am Freitagabend verschwanden sie beide auf ihrem Fahrrad. Sein Bett hatte zwei Laken, genau wie bei den andern beiden. Wenn Maria da Glória ihn

gesehen hätte, hätte sie mit ihm geredet, aber die ganze Woche über kamen die drei abends zum Schlafen zurück, und wenn sie leibhaftig da gewesen wär, dann hätte sie ihm vor den beiden nichts erzählt und auch nichts gefragt, oder? Freitagnacht mußte er allein schlafen, und er hatte noch nie allein in einem Zimmer geschlafen. Erstmal ging er zum Abendessen, in der Pension da wurde ihm am Morgen Milchkaffee und Brot serviert und ein richtig gutes Mittagessen, verdammt, und das Abendessen war auch nicht schlecht, aber an diesem Abend hatte er keinen Hunger. Ihre Mutter hat ihm später erzählt, daß für Maria da Glória das Schlimmste, als es ihr mit den Nerven schlechter ging, der Sonntagabend war, am Freitagabend war sie fröhlich, weil sie sich auf seinen Besuch vorbereitete, und wenn er nicht kam, wartete sie den Sonnabend ab, und wenn er nicht kam, wartete sie bis Sonntagabend, da fing sie dann an zu weinen und solche Sachen. Und manchmal wurde sie auch ohne Weinen und ohne um sich zu schlagen ohnmächtig. Aber für ihn war das Schlimmste der Freitagabend, wenn Maria da Glória wüßte, daß die beiden andern aus dem Zimmer abhauten, dann hätte sie, wenn sie da in Bauru gewesen wäre, reinkommen und ihm erzählen können, was sie wollte, jedenfalls hätte keiner sie gehört, statt dessen saß er still da und hörte nur die Musikbox in der Pension, falls einer eine Münze reinsteckte. Wenn er in Cocotá gewesen wäre, hätte er sie gern gefragt, wo sie diese Schmerzen fühlte, von denen sie ohnmächtig wurde. Das sind die Schmerzen im Herzen, hätte sie zu ihm gesagt, weil sie dasselbe fühlte wie er, er verstand nichts von diesen Sachen, aber die Frauen, diese Schmerzen, wenn einer große Sehnsucht nach einem andern hat, die sind im Herzen, »Bei mir ist das genauso«, hätte er zu ihr gesagt, dieser Schmerz, der von innen her sticht, von innen nach außen. Wenn keiner eine Münze in die Musikbox der Pension steckte, konnte er etwas von den Leuten hören, die in der Kneipe Karten spielten, und dann nichts mehr, überhaupt nichts, Scheiße.

Er legte sich hin und dachte nach, klar?, und wenn er sich die Sachen zum Schlafen auszog, legte er alles über einen Stuhl und dann sagte er, »Verdammt! Ich hab heute ganz andere Sachen, als sie sich immer gewünscht hat!« Sie hatte ihn gebeten, immer etwas Schwarzes anzuziehen, wenn er mit ihr spazierenging. Sie sprachen sich mit allem ab, alles paßte haargenau, sogar die Klamotten, die Kleidung, die Aufmachung, nicht?, sie mochte Schwarz sehr gern, schwarze Kleidung.

»Das stimmt.«

Er hat immer versucht rauszukriegen, warum sie schwarze Sachen mochte. Aber sie wollte das nicht sagen. Er war allein in dem stillen Zimmer, am Freitag abends, am Samstag vormittags und nachmittags und am Abend und den ganzen Sonntag, wenn er gewollt hätte, hätte er sie irgendwas fragen können, was er nicht mehr wußte, was über sie beide, denn die andern beiden Elektriker konnten ihn nicht hören, aber er sah sie nicht, weil sie weit weg war. Was er bei sich hatte, war das Foto, und das sah er sich oft an. Und dann machte er die Augen zu und versuchte ihr Gesicht zu sehen, ohne das Foto anzusehen. Da bei seiner Arbeit hoch oben auf einem Hochspannungsmast wartete er einmal über eine Stunde, bis die mit ein paar großen Ersatzmuttern kamen, und da wollte er sich an ihr Gesicht erinnern und konnte sich weder an ihr Gesicht noch an das von ihrer Mutter erinnern. Weil Maria da Glória ihrer Mutter ähnlich sieht, sie ist auch groß, die Mutter. Glória hat blondes Haar, blaue Augen, ist nicht dünn, was noch?, ihr Körper ungefähr wie der Durchschnitt, und die Beine? sehr hübsche Beine, kein einziger Fleck, ganz glatt. Ihr ganzer Körper ist Klasse, alles hundertprozentig, wie aus einem Guß, verstanden? Er weiß noch alles, er vergißt nichts, verdammt! Wenn sie hier wär, würde er sie fragen, wie er aussieht, mal sehen, ob sie das noch weiß, wenn sie die Augen zumacht und nicht das Foto ansieht. »Wie seh ich aus?« möchte er sie fragen. Weil, wenn sie sich nicht daran erinnert, könnte sie denken, er wär häßlich, mit hartem Haar, seine Haut wär dunkler, wenn sie seine Brüder da in der Gegend von ihrem Haus sieht, könnte sie denken, er wär genauso. Manchmal weiß er selbst nicht mehr, wie sein eigenes Gesicht aussieht, aber dann schaut er in den Spiegel und dann weiß er es wieder. Die Augen seines Vaters sind auch braun, er sieht sich im Spiegel von vorn an, er schaut immer direkt geradeaus. Sein Vater sieht viel zur Seite, immer zur Seite. Geradeaus nur manchmal, aber nicht immer, nein. Und wenn er böse ist, sieht er nur nach oben, wenn er richtig nervös ist, sieht er immer nach oben, nie geradeaus oder zur Seite, dann wird er ganz anders, wird rot, ganz blau, manchmal ganz blau vor lauter Rotwerden, sehr nervös, aber nicht groß, mittelgroß, pechschwarze, ganz harte Haare, weiße Zähne, unglaublich, bis heute hat er keinen kaputten. Im Pensionszimmer gab es keinen Spiegel, er lief aus dem Zimmer ins Badezimmer, er hielt es nicht mehr aus in dem Zimmer, ging ins Badezimmer, sich rasieren und im Spiegel ansehen. Und der Blick von seiner Mutter geht immer geradeaus, in ihrem Blick gibt es kein Geheimnis, ein einfacher, bescheidener Blick, und von einer treuen Frau.

»Vergiß nicht, daß du geschworen hast, nichts als die Wahrheit zu sagen, du Hosenscheißer, du Dreckskerl. Glória konntest du viel erzählen, aber mir nicht. Ich kenne dich.«

Er erkennt die Menschen an ihrem Blick, und auch an der Art, wie sie reden, verstanden? Er weiß ganz genau, wann einer die Wahrheit sagt und wann er sich eine Lüge ausdenkt oder einen reinlegen will, der Blick seiner Mutter ist der Blick von einem gesunden Menschen, ein Blick, der keinen Verrat kennt. Der Blick seines Vaters ist ein richtiger Verräterblick, der verrät andere, sooft er nur kann, der ist gerissen, verstanden? Aber der Blick von Maria da Glória ist sehr gut, sie sieht geradeaus, nach hinten, nach links, nach rechts, untersucht alles, das Mädchen hat sehr gute Anlagen, sie redet ordentlich, verstanden?, sie flucht nicht. Olga war damals noch ein kleines Kind, aber sie guckte immer zur Seite oder nach unten, auf seinen Hosenschlitz.

»Na schön, dann fangen wir unsere Unterhaltung hier an, du Hosenscheißer, warum bist du so gern in ein Haus gegangen, wo man hinter deinem Rücken über dich lachte und dich als Hinterwäldler beschimpfte?«

Bei der Kleinen, dieser Olga, zu Haus fühlte er sich sehr wohl, er war viel da, aß da jeden Abend, nachdem er mit Glória geknutscht hatte, und er wollte seinerseits keine Probleme. Olgas Vater war der Besitzer von der größten Tankstelle der Stadt und von einem der schönsten Häuser, gegenüber von Maria da Glória. Und einmal bekam er da einen Schwips, er hatte ein paar Bier getrunken, die man ihm da angeboten hatte, und die waren ihm in den Kopf gestiegen, er hatte sich hingelegt, er schlief, bis es Zeit war, mit seiner Mutter nach Haus zu gehen. Da packten Olgas zwei Brüder einen Stapel Kissen auf ihn drauf, der reichte fast bis zur Decke, nur so zum Spaß, das waren ja noch Kinder. Olga sagte, »Verdammt, ihr bringt den Jungen noch um!«, und weiß der Himmel was noch, die andern liefen weg, und sie kam zu ihm in die Ecke. Er schlief und schlief auch nicht. Sie gab ihm einen ordentlichen Kuß auf den Mund. Von da an spielten sie dies Spiel, wenn keiner hinsah, lehnten sie sich an die Wand, er nahm sie so richtig fest in den Arm, sie küßten sich ordentlich, so was alles, immer nur zum Spaß, bis sie eines Tages sagte, »Ich weiß genau, erst kommen Glória und Açucena, das sind schon richtige große Mädchen, aber ich bin noch klein.« Und er sagte, »Verdammt, ist doch nicht möglich, wie soll das jetzt gehen?« Und Olga sagte, »Paß auf, wir verstecken uns weiter so, weil meine Eltern das wahrscheinlich nicht wollen, auf keinen Fall, nicht meinetwegen, ich bin erst zwölf, aber ich liebe dich schon seit vielen Jahren, sondern weil du hier mit uns so befreundet bist, verstehst du?« Da wollte er sich nie wieder heimlich mit ihr treffen.

»Die Wahrheit, du Hosenscheißer, du Lügner.«
Warum glaubt ihm keiner? Glória wollte nicht, daß er aus der Stadt weggeht, verdammter Scheiß!, was sollte er denn sonst tun? Er war ein Habenichts, ein armer Teufel, er hatte nichts, er hatte überhaupt nichts anzuziehen, was wollte Glória?, daß er zur Hochzeit nackt in die Kirche marschierte? Die Arbeit, die er hatte, bei seinem Vater arbeiten, das brachte nichts, der gab ihm nichts. Nur das Essen, sonst nichts. Frühstück, Mittagessen, Wasser, nur so was alles, sonst nichts. Mal ein Paar Schuhe, ein Hemd kaufen, er wußte nicht, wie er das mit dem Geld machen sollte, der Vater gab ihm nichts. »Wenn du die Wahl hättest zwischen einem Fußballer und einem, der mit der Hacke Unkraut jätet, einem vom Land und einem Doktor oder so was, wen würdest du vorziehen, wen möchtest du heiraten?« Da sagte sie damals zu ihm, sie hätte lieber den, der mit der Hacke Unkraut jätet, wenn er ein guter Ehemann wäre und immer bei ihr bliebe, nur für sie da wäre, ganz allein für sie, »Aber ich hab nicht vor, so was zu werden, ich will Fußballer werden, es sieht alles ganz danach aus, als würde ich ein ganz erstklassiger Fußballer«, »Du bist schon ein erstklassiger Fußballer, nur ist das nichts wert.« Und damals war das wirklich nichts wert, nicht?, das war so wenig Geld, fünf Cruzeiros, zehn Cruzeiros, das lohnt sich nicht, sagte sie zu ihm. Da sagte er, »Verdammt! Du willst also einen Millionär!« Und sie, »Ich möchte lieber, daß du auf dem Bau arbeitest oder Elektriker wirst.« Da fing er mit beidem an, erst mit der Elektrizität und dann als Bauarbeiter. Daß er jeden Morgen in der Stadt in die Schule ging und auf dem Hof wenig arbeitete, darüber sagte sein Vater nichts zu ihm, aber seine Mutter erzählte ihm, daß der Vater sagte, er würde zu wenig arbeiten, morgens um fünf holte er die Kühe von der Weide zum Melken, dann schnitt er Zuckerrohr und ruhte sich aus, und um acht fing die Schule an, und er kam nicht mehr zum Helfen auf den Hof zurück, jeden Abend luden sie ihn bei Olga zum Essen ein, nachdem er sich mit

Maria da Glória getroffen hatte, und abends kam er mit der Mutter auf den Hof zurück. Die Mutter sagte zu ihm, »Nach der Schule mußt du wie alle braven Kinder zum Hof zurückgehen, man muß immer was pflügen und säen und sich um die Pflanzen kümmern.«
»Und dann hat sie auch erreicht, was sie wollte, nämlich euch auseinanderzubringen. Diese verdammte Alte hat dich ganz schön angeschissen.«
»Nein! Was hat die Schlampe da gesagt? Daß ihr bloß keiner zuhört, die ist nur sauer, weil er ihr heute keinen Groschen geben kann.«
»Wer bist du denn? Ich hab das zu diesem Hosenscheißer Josemar gesagt und nicht zu dir, dich kenn ich gar nicht.«
»Du kennst mich nicht? Ich wohne hier in Bauru.«
»In dem Kaff bin ich noch nie gewesen, und ich weiß auch nicht, wer du bist, geh mir nicht weiter auf den Nerv.«
»Hier in Bauru kennen mich alle, wenn ich vorbeigeh, sagen alle ›Hallo!‹ und ›Guten Tag‹ zu mir.«
»Ich rede nicht mit Leuten, die ich nicht kenne.«
»Aber ich bleib nicht hier in Bauru, sobald ich die Knete für das Auto zusammen hab, hau ich ab.«
»Josemar ist nicht mehr in Bauru, aber du schon. Josemar hat zu mir gesagt, Bauru wär zu weit weg, er hatte immer nur eins im Kopf, zurück nach Hause, dieser verdammte Hosenscheißer.«
»Ich bin kein verdammter Hosenscheißer.«
»Aber er, und er hat Glück, daß die Nachbarn hier in Santíssimo das Radio so laut stellen und daß er dann Musik hören kann, der arme Teufel! In seinem Radio hat er nämlich keine Batterien mehr.«
»Ich bin in Bauru, das kennt kein Mensch, Scheißdreck. Ich hab zum Besitzer von der Pension gesagt, die Musikbox spielt so beschissen, Scheiße ist das.«
»Ohne Freunde ist er in Bauru durchgedreht, stimmt's? Aber dir gefällt es in Bauru, weil du kein verdammter Hosenscheißer bist.«

»Ich . . .?«
»Ja, deshalb bleibst du für immer in Bauru. Aber der Hosenscheißer da, der ist in Santíssimo. Wenn du kein Hosenscheißer sein willst, mußt du für immer in Bauru bleiben.«
»Nein! Ich will nach Haus, meine Mutter macht mir das Essen, auch wenn es nur Brei ist, aber mir macht das nichts, daß ich arm bin, wir haben was zu essen und ein Dach überm Kopf.«
»Bleib da in Bauru, du hast kein Haus mehr und auch kein Essen, und deine Alte ist woanders hin, weil sie krank ist.«
»Aber warum reden Sie denn so mit mir? Wissen Sie nicht mehr, wer ich bin? Kommt Ihnen mein Gesicht nicht mehr bekannt vor? Was ist denn eigentlich los? Kennt mich denn keiner mehr?«
Aber wer nicht da geboren ist, der kriegt das in Bauru zu spüren, eiskalt wird einem da, totale Verzweiflung, an einem völlig unbekannten Ort, verstanden?, aber er ist nicht mehr da, nein! Wer ist dageblieben? Weiß er nicht, wo gibt es denn hier bloß einen Spiegel? Er muß sich rasieren! So, mit normaler Seife, Rasiercreme hat er nicht mehr, die ist alle, verdammter Scheiß! aber Hauptsache, langsam mit dem Apparat drübergehen, wozu soll er sich beeilen, nicht? Einmal hat er sich mit einem unterhalten, »Mann, das ist so, ich bin so einer, der aus 'ner andren Stadt gekommen ist und so.« Er hat alles ganz allein geplant, klar?, er hat sich ihr Spiel angesehen, miserable Kicker waren das, die spielten sauschlecht, fand er. Da dachte er, wenn er mal Mut hätte, da würde er zu dem Kerl hingehen, der die Mannschaft trainierte, und etwa so loslegen, »Ich bin der neue Angestellte von der CESP, frisch vom Examen, ich kümmer mich hier um die Turbinen von Bauru und möchte bißchen wie ein Freund mit Ihnen reden, erst einmal Ihr Reich grüßen, damit mein ich Bauru, Ihre Fußballmannschaft, und dann mal in Ihrer Mannschaft trainieren, wenn das möglich ist.« Dann würde der Kerl sagen, »Alles klar, wo du mich nun schon

angesprochen hast und dir das vorgenommen hast, da stehen dir alle Türen offen. Also, mein Training, das ist hier mittwochs und donnerstags, ab drei Uhr, hast du da Zeit mit deiner Arbeit?« Er, »Ja, hab ich, auch früher, wenn Sie wollen«, und der Kerl, »Dann sieh zu, daß du um drei hier bist«, und fragte ihn, auf welcher Position genau er beim Fußball spielte. »Ich bin linker Stürmer, linkes Mittelfeld, ich spiel unheimlich gut, Sie werden das dann schon beim Training sehen, ich bin aus der und der Stadt.« Da sagte der Typ dann, »Versprechen tu ich nichts, du kannst gegen den Burschen antreten, der da gespielt hat. Hast du das Spiel gesehn?» Da sagte er, »Von Anfang bis Ende«, und der andere, »Einer von euch beiden, je nachdem, was du kannst und wie dein Spiel ist, spielst du auf der Position gegen die und die Mannschaft und er bleibt in der Reserve.« Und er, »Ist in Ordnung.« Da wurde er ganz verrückt, bis es Mittwoch war und er mitmachen konnte, der Platz war nämlich da, ein toller Rasen, er guckte sich dauernd den Rasen an. Als er ankam, nicht?, fanden ihn alle gleich toll, klar?, das Stadion war voll, unheimlich voll war das. Und dann hat er zu sich selbst gesagt, so wie ein Verrückter, »Alles klar.«
»Zu dir selbst, wie ein Verrückter.«
Am Mittwoch, als das Training losgehen sollte, da war er um drei Uhr, nein, Viertel vor drei war er schon da und trank 'ne Brause. Da stellte der Mann ihn ein paar Freunden vor, die da waren und direkt zur Mannschaft gehörten, »Das hier ist unser neuer Fußballstar.« Aber er erpreßte sie, »Ich hab so vor sechs Monaten gesehen, wie der Junge spielt, in der und der Stadt, und der Kerl war Spitze, der hat's dem Leder tüchtig gegeben.« Damit er 'ne Chance kriegte. Da warteten alle erstmal ab, dann verteilten sie Anschläge in der Stadt, machten Werbung: Mittwoch um zehn nach drei findet ein Training statt, aber mit den Namen von den Typen, die da spielten, von all den Jungs. Als letzten brachten sie seinen Namen, der hier ist unsere Hoffnung!

Der strahlende Star der neuen Mannschaft, am Sonntag tritt er zum erstenmal an. Von da an redeten alle über ihn, Josemar Ferreira, geboren in der und der Stadt, ein junger Kerl, soundso alt. Und da, Mann, da kamen die Leute in Massen zum Training, verdammt noch mal, das war gerappelt voll, die haben fürs Zusehen beim Training kassiert, eine ganze Menge, fünf Cruzeiros. Da merkte der Trainer, klar?, »Das As bringt unsrer Mannschaft viel«, obwohl er noch nicht mal wußte, wie er mit dem Ball umging, er hatte überhaupt keine Ahnung. Als sie dann aus dem Tunnel kamen, alle im Fußballdreß, dieser ganze Zirkus, da kam dann das As, Josemar Ferreira! Josemar Ferreira! Alle riefen, »Wer ist der Kerl?«, »Der da, der ist es.« Alles ganz prima. Das erste Trainung, unheimlich gut, er schoß so viele Tore wie er wollte in dem Spiel, er weiß nur nicht mehr, wieviele, aber eine Menge, er spielte wirklich Spitze, zehnmal besser als der Typ, der auf der Reservebank saß. Da gab der Trainer einen neuen Termin aus, »Freitagabend, in der und der Stadt, um zehn nach neun, findet wieder ein Trainung statt mit unserm neuen As.« Verdammt, da kamen noch mehr Leute, die einen erzählten es den andern, wer den Anschlag nicht gelesen hatte, weil er keine Zeit hatte, klar?, oder weil er nicht lesen konnte oder sonst was, jedenfalls brechend voll. Am Sonntag war das Stadion brechend voll. Das Spiel damals war gegen die Mannschaft Cruzeiro aus Mato Grosso. Beim Rauslaufen auf den Rasen begrüßte er noch die Fans und so. Es waren 'ne Menge Mädchen da, viele feine Leute, schöne Frauen, hübsche Mädchen, Töchter von den Typen. Da sagte er sich, »Du bist Klasse, wenn du so spielst wie die beiden Male beim Training, dann wird das Spitze.« Dann sagte er zu dem Typen, »Also, Chef, ich hab Ihnen versprochen, daß ich Sie nicht enttäusche, und heute enttäusche ich Sie nun auf keinen Fall, bei solchen Fans, ich werd das neue Idol der Stadt, ich spiel echten Fußball, daß ich ein Tor schieß, das versprech ich Ihnen nicht, die Position ist undankbar, aber was ich tun kann, das tu ich.«

Zehn Minuten später fing das Spiel an, ein Typ da, was der sich gedacht hat, weiß er nicht, der spielt ihm den Ball zu, er dribbelt an allen vorbei und schickt den Ball tief ins Netz.

»...«

Scheiße! Die Leute fingen an hochzuspringen, und der Beton, den sie da gebaut hatten, der brach zusammen, da war zuviel Gewicht drauf. Damals hatten sie das für zweitausend Leute gebaut, und jetzt waren über zehntausend auf dem Ding drauf, und da krachte ein Teil ein, klar? Da fielen die Leute runter und verletzten sich, die hörten aber nicht auf, die krachten runter und purzelten durcheinander und so, alle durcheinander, und die Zeit lief und lief, und als fünfunddreißig Minuten um waren, da drängte er in die Mitte, weil der Mittelstürmer 'ne Flasche im Fußball war, der spielte hundsmiserabel, der stürmte überhaupt nicht, da nahm er dem Mittelstürmer persönlich, der in seiner Mannschaft spielte, zu seiner Mannschaft gehörte, den Ball ab, dribbelte an der ganzen Verteidigung vorbei und setzte das Leder dahin, wo es hingehörte, nämlich ins Netz. Mannomann, das war wirklich Spitze! Und die Leute, die schrien alle nur mit Schildern mit seinem Namen drauf, Josemar! Josemar! Du bist unser neuer Star! Sagenhaft! Dann ging es weiter, immer weiter, und von da an sah das Leben für ihn anders aus, da vergaß er so allmählich die ganzen Probleme aus der andren Stadt, Maria da Glória und so weiter. Und dann lernte er so allmählich neue Mädchen kennen, andre Mädchen, alles veränderte sich, alles wurde anders. Da nahmen sie ihn dann auf, so als ob er da zu Hause wär. Die drei Jahre, die er da war, das waren drei glorreiche Jahre, und bißchen Geld hat er mit dem Fußball auch verdient, verstanden?, klar hat er was verdient, 'ne Kleinigkeit, so ab und zu kam der Trainer und gab ihm zwei-, dreihundert Cruzeiros, klar?, damals, da war das viel Geld, und er hatte immer Kies in der Tasche für ein Bier. Noch besser, wenn er in Gesellschaft gewesen wär, aber allein war's doch besser, dann brauchte er keinem eigennützigen Freund einen auszugeben und auch keiner gerissenen Hure, wenn's mal Samstag war, so wie heute. Was sollte ihm das schon für einen Scheiß ausmachen, wenn er jetzt wieder der Star in der Stadt war und alle ihm zu Füßen lagen, was? Sollen die doch nach Bauru gehen und nach ihm fragen, die erinnern sich alle noch an ihn. Und heute ist erst Samstag, Sonntag ist noch nicht.

Achtes Kapitel

Er hat schon eine ganze Zeit Lust auf Pommes frites gehabt, und heute wird er einen Riesenteller futtern, mindestens ein Kilo. Der Sonntag ist lang, und ob man spät aufsteht, ist egal, die alle da anmachen, dafür hat er immer noch genug Zeit. Er dachte, »Aber wenn schönes Wetter ist, spiel ich den ganzen Nachmittag Fußball, nach den Pommes.« Seine Mutter hatte ihm nämlich einen Sack Kartoffeln dagelassen, so mittelgroß, einen Sack Reis, aber der war klein, klar?, zwei halb vergammelte Tomaten und jede Menge Öl. Und später kann man dann weitersehen, es regnet nämlich, und bei dem Wetter kann man noch nicht mal bumsen. Aber die Kartoffeln will er aufessen, samt und sonders, auch wenn er sie zwei Stunden lang schälen muß. Donnerstag hat er nichts zu Mittag gegessen, hat an dieser verdammten Sache in der Mistküche mit den Scheißrohren weitergearbeitet, seinem Gehilfen hat er was vorgemacht, »Ich hab keine Zeit, ich bleib hier, geh du mal deine Limo trinken und dein Milchbrötchen essen.« Nahrhaftes Mittagessen, nicht?, ein schöner Mist, was? Aber er hatte grad nur noch das Geld für den Bus zurück. Und am Freitag ging's ihm genauso, er hat sich beim Kostenvoranschlag vertan, das Baumaterial ist teurer geworden, aus Versehen hat er ein Rohr kaputtgemacht, das muß er alles aus eigner Tasche bezahlen, verdammter Scheiß. Als er noch mit dem Schwarzen zusammengearbeitet hat, da machte ihm das nichts aus, dem die Wahrheit zu sagen, aber diesem hier, dem wird er nichts sagen. Wenn der schwarze Zilmar da wär, der noch weniger hat als er selbst, den würde er zu den Pommes einladen. Nachher für den Abend bleibt nichts mehr zu essen übrig, wenn er sie jetzt alle auf einmal aufißt. Aber wenn seine Mutter nicht da ist, kommt keiner zu Besuch, und schon gar nicht bei diesem Scheißregen, und wie soll dann einer merken, was sich da tut? Bei dem Regen braucht er wenigstens nicht die Obstbäume hinten zu begießen, aber von den Apfelsinen ist auch keine mehr übrig. Das passiert doch jedem mal, daß er einen oder zwei Tage nichts im Tank hat, das ist doch keine Schande, wenn heute einer an die Tür klopft, macht er nicht auf. Und morgen, Montag, da zahlen sie ihm die fünfundzwanzig Prozent von der endgültigen Rechnung. Heute will er sich ausruhen, vielleicht kommt die Sonne durch, und dann geht er schön Fußball spielen auf dem lehmigen Platz, obwohl er ziemlich erkältet ist. Wenn der Schwarze käme, ja, den würde er reinlassen, obwohl der ihm immer schlechte Nachrichten bringt. Eine Frau würde er nicht reinlassen. Keine einzige. Und wenn die Mutter seiner Kinder ihm die Hölle heiß macht, wird er sie windelweich prügeln. Der Schwarze arbeitete in der Gegend von Bauru und hatte verdammten Hunger, »Ich erzähl dir alles aus Cocotá, ich komm grad von da, bin da auf der Durchreise gewesen.« Vorher hat er den Kerl aber noch gefragt, »Sag mal, du Scheißneger, wann hast du in deinem Leben am meisten Hunger gehabt?« Und der Schwarze, »Verdammt oft, du alte Tunte; am schlimmsten war es mal, als ich vom Militärdienst kam, da hab ich ein paar Monate gearbeitet, dann war Schluß, es gab nichts mehr zu tun. Da hatte ich dann keine Arbeit mehr. Ich mußte das Zimmer bezahlen, was ich noch im Haus hatte, ging zu Ende; ich bin dann rumgelaufen, manchmal gab's was auszuhelfen, da hab ich dann mit angefaßt, wenn's was gab, hab ich das gemacht. Dann kam eine Woche, da wurde es schlimm, da kam gar nichts, und an einem Tag, da hielt ich es nicht mehr aus, das war ein Samstag, ich hatte solchen Hunger, daß ich nicht mal mehr aus dem Bett hochkam, du Tunte; und jetzt erzähl ich dir von Cocotá.«

»Verdammter Nigger, wer hat dich hier reingelassen?«

»Ich kenne Sie nicht, ich bin Zilmar.«

»Wart's nur ab, gleich weißt du, wer ich bin, du schmutziger Nigger! Warum hast du nicht Wasser getrunken, als du solchen Hunger hattest?«

»Werden Sie doch nicht so böse. Ich hab ja Wasser getrunken, und dann war da so ein farbiges Mädchen, Margareth hieß das Mädchen sogar. Da hab ich gesagt, ›Hast du ein bißchen Brot?‹ Sie hat mir Brot und sogar auch einen Kaffee gegeben, so ab und zu hat sie mir ein Stück Brot gegeben, das hab ich dann gegessen. Das war was! Seitdem bin ich meine Gesundheit los. Mein Körper ist nie wieder so geworden wie früher. Na ja.«

»Verdammter Nigger! Auf dem Land, da hattest du zu essen, konntest Fußball spielen, oder nicht?, da hast du gearbeitet, bist durchs Fenster gestiegen, hast mit der schwarzen Teresa gebumst, stimmt's? Warum zum Teufel bist du da weg?«

»Zur Musterung, ich bin zum Militär gegangen, klar?, ich hab gedient und das alles, und dann bin ich in diesem beschissenen Rio de Janeiro geblieben. Wer sind Sie eigentlich?«

»Hast du mich noch immer nicht wiedererkannt?«

»Ich weiß nicht, Sie sind unrasiert, gewaschen haben Sie sich auch nicht, das stinkt hier wie die Pest, und Sie haben die Fenster zu und die Tür auch, damit keiner sieht, daß Sie nur noch einen Sack Kartoffeln haben, es ist hier viel zu dunkel.«

»Ich hab zwei Kilo Kartoffeln, ich verhunger nicht, aber andre verhungern, du verlauster Nigger. Du bist das gewohnt, mit leerem Bauch ins Bett zu gehen.«

»Ja, da haben Sie recht, aber ich habe mich nie daran gewöhnen können, hungrig einzuschlafen. Wenn Josemar mich heute abend nicht zum Essen einlädt und ich hungrig ins Bett gehe, dann schlaf ich kurz und wach gleich wieder auf, dann kann ich nicht schlafen, ich schlaf ein und wach gleich wieder auf.«

»Halt's Maul und laß mich in Ruhe, verdammt noch mal. Los, sieh mal nach, ob die Tür da richtig zu ist und am Fenster, guck da mal nach dem Riegel, heut laß ich hier niemand rein. Verdammte Weiber.«

»Es ist alles ordentlich abgeschlossen.«
»Konntest du mit deinen schwarzen Weibern bumsen, wenn du nichts zu essen hattest?«
»Einmal bumsen kann man, aber nur einmal; mehr schafft man aber nicht, auf keinen Fall. Die Frau muß einem liegen. Wenn nicht, dann kann man überhaupt nicht.«
»Und Josemar? Was macht der mit den Frauen, wenn er nichts im Bauch hat, verdammt?«
»Er hat mir erzählt, bei ihm ist das genauso, wenn Sie den Bauch voll haben, dann ist das eine Sache, aber wenn Sie nichts drin haben, dann geht's nicht so lange. Da ist man so schwach, daß Sie auf sie draufsteigen, zack-zack, nach zwei Minuten oder nach einer kommt's Ihnen schon. Weil Sie so schwach sind, können Sie's nicht halten. Weil das Bumsen die Brust so anstrengt, verstehen Sie, die Lungen. Wenn einer nichts zu essen hat und zwei, drei Tage auf den Putz haut, kriegt er's an der Lunge; wenn er nichts zu essen hat, fängt er an zu schwitzen, und trotzdem denkt er dauernd daran und möchte einer ordentlich einheizen.«
»Verdammter Nigger, man muß sich doch nicht wie ein beschissener Feigling aufführen, man muß die ganze Wahrheit sagen.«
»Das tu ich ja. Man denkt das, aber wenn der Körper nicht dafür bereit ist, gibt man es zum Schluß auf. Ich, als ich mal fast nichts gegessen hab, ich hab gearbeitet und kaum gegessen, verstehen Sie?, mittags nichts, abends nichts, oder wenn ich abends was aß, hatte ich mittags nichts, da hab ich eine Frau gebumst, mein Lieber, die kam zu mir nach Haus ins Zimmer zum Bumsen, die kam immer abwechselnd, jeden zweiten Tag; und dann, an einem Tag, da kam sie auf die Idee, daß sie dableiben könnte; drei Tage blieb sie da, jeden Tag wurde gebumst, verstehen Sie? Sie war nicht verheiratet, hatte aber nichts zu essen; an einem Tag, da kriegte ich plötzlich das Zittern, daß ich wohl so zwei Stunden gezittert hab, der kalte Schweiß lief mir überall runter; wir haben zwei-, dreimal pro Nacht gebumst; wenn

ich nach Haus kam, hab ich geduscht, gegessen, und dann fingen wir an.«

»Verdammter Nigger, auch wenn ich nichts zu essen hab, kann ich immer noch bumsen. Bei mir kann es mal passieren, daß es dauert, bis ich meinen Saft rausspritz oder daß ich das gar nicht schaff, ich bin anders, aber ihn hochkriegen, das schaff ich immer noch!«

»Ich hab zu Josemar gesagt, ›Du alter Bock, Frauen, denen mußt du es erst zwei- oder dreimal vor dir kommen lassen, verstehst du?‹, einmal oder zweimal; aber wenn man schwach ist, dann geht das nicht lange, dann kommt's einem ganz schnell, da kann man nicht warten. Man muß wissen, wie man sie so hinkriegt, daß es ihr gleichzeitig kommt, wenn es erst ihr kommt und dann ihm, dann ist das kein richtiges Bumsen, wo bleibt denn da der echte Kerl? Ha, ha, wo bleibt denn da das Kind? Wenn's der Frau nicht kommt, gibt's auch kein Kind ... Wenn's beiden gleichzeitig gekommen ist, kann sie ein Mittel nehmen, sonst kann sie drauf verzichten. Aber wenn einer Hunger hat ... ich hab schon mal mit einer Frau geschlafen, ich nichts im Bauch und sie auch nicht; verdammt, als dann Abend war, haben wir nichts gemacht, ich hab gesagt, ›Nee, nichts mit Bumsen, sonst wird mir schlecht‹, das war von Freitag auf Samstag. Ich kriegte mein Geld am Samstag, und sie arbeitete als Hausmädchen, aber sie hatte an dem Freitag nichts gegessen, hatte richtig Hunger; da hat sie vom letzten Geld, das sie hatte, wieviel das war, weiß ich nicht mehr, so gut wie nichts jedenfalls, davon hat sie Brot gekauft, und wir haben das Brot gegessen, so ein süßes Brot. Sie hat ein Stück gegessen und ich auch. Aber richtig bumsen, das ging an dem Tag nicht. Verrückt, nicht? Aber Sie können das verstehen, oder?«

»Einen Scheiß versteh ich das! Was weiß ich, wie so ein Elend ist, deshalb frag ich dich ja, du dreckiger Nigger.«

»Das will ich Ihnen, mein Herr, alles erzählen. Am Samstag, da bin ich ins Geschäft gegangen, in die Firma, hab das Geld geholt, kam nach Haus, hab eingekauft, kam mit den Einkäufen an, da war es fast zwei, dann hab ich was zu essen gemacht. Da war sie zur Arbeit gegangen, sie kam später.«

»Aber den Teller mit den zwei Kilo Pommes frites essen, dazu hattet ihr Lust.«

»Ich hab Fleisch und Obst gekauft, klar?, Eier, ein ordentliches Steak, Brot, Ei, Steak mit Spiegelei. Sie und ich, Mann, wir haben Coca-Cola getrunken; nach dem Essen haben wir uns hingelegt, und als wir aufwachten, war es schon sechs Uhr nachmittags, wir haben uns gereckt, danach haben wir geduscht und uns für den Tag gerächt, an dem wir nichts zu essen hatten; das ist kein Vergnügen, weiß Gott nicht! Der Mensch, vor allem ein Mann muß zusehen, daß er ordentlich ißt, sonst dauert es nicht lange, das wissen Sie ja, und er ist kaputt, und mit dem Knüppel da ist nichts mehr los ... Ich hab damals in Saquarema gearbeitet, hier in der Nähe, im Bundesstaat Rio, mein Freund, da in der sauberen Seeluft, wissen Sie?«

»Ich bin nicht dein Freund.«

»Entschuldigen Sie. Da haben wir selbst gekocht, Mann, das war weit weg von der Stadt, in den zwanzig Tagen, die ich da gearbeitet habe, hab ich vier Kilo zugenommen; da haben wir alles gegessen, wir haben gekocht, frühmorgens im Meer gebadet, Mittagessen, Abendessen, alles ganz prima; und der Vorarbeiter hat mir gesagt, was ich tun muß, damit ich da reinkomme, in die Gewerkschaft. Aber es ist wohl besser, die Kartoffeln ins kochende Öl zu kippen, alle auf einmal, oder? Wenn Sie die Hälfte für den Abend übriglassen, ist das besser für Sie, mich brauchen Sie nicht einzuladen.«

»Ich war früher auch in der Gewerkschaft, aber jetzt bin ich selbständig, und das kommt aufs selbe raus, wenn ich mir einen Arm breche, wird mir das Krankenhaus bezahlt, du hältst mich wohl für genauso einen Schlappschwanz, wie du selbst einer bist, du Hungerleiche.«

»Aber als Selbständiger haben Sie doch keinen Urlaub und

gar nichts, wenn Sie keine Arbeit haben, ist das Ihr Problem. Und Sie sind Elektriker und Maurer und Tischler und Klempner und Maler, alles auf einmal, und die Gewerkschaft sorgt nicht dafür, daß Sie für jeden Beruf einzeln bezahlt werden, weil man für Facharbeit einen Mindestlohn bekommt, aber die Gewerkschaft sorgt nicht dafür, daß man dir das für jede einzelne Facharbeit zahlt, noch nicht mal einen Dreck.«

»Halt's Maul, verdammt! Das schlimmste ist, wenn man dem Kunden einen festen Preis macht und eigentlich müßte der viel höher sein, und der Kunde fängt an zu jammern, das wär zu teuer, du machst mich arm, solchen Scheiß, und der Kerl, der arbeiten will, geht schließlich mit dem Preis runter, und dann fängt er an und das Material ist teurer geworden, stimmt's oder stimmt's nicht?, daß der Zement nicht teurer geworden ist, aber jeder einzelne Ziegelstein ist fast doppelt so teuer geworden und der Zement dann auch, und wenn er dann die Arbeit fertig hat, dann macht er manchmal sogar Verlust und muß aus eigener Tasche zubuttern.«

»Dann geht das los, daß der arme Kerl sich aufregt, damit ist sein Leben im Eimer, da hilft auch eine Frau nichts mehr, Josemar hat mir erzählt, wenn er nervös ist, fühlt er nichts, so als hätte er eine Spritze bekommen, die Nerven machen alles kaputt, nicht?, weil nämlich der Kopf über den Schwanz bestimmt, über den Knüppel, und der ist dann kein Knüppel mehr, wenn man's mit den Nerven hat.«

»Das passiert nur den Scheißniggern, aber mir nicht.«

»Der Typ von der Baustelle am Strand hat mir gesagt, wenn ich nach Rio zurückkomm, soll ich mich mit den andren Maurern zusammentun, weil Einigkeit stark macht, und mit der Ausbeutung von den Armen Schluß machen. Das hab ich dann gemacht, bis die Polizei uns auseinandergejagt hat, wegen Mißachtung der Regierung.«

»In Bauru, da bin ich in der Gewerkschaft, verdammt, was denkst du denn? Ich hab nichts gegen diese Regierung jetzt, aber ich finde das verdammt falsch, wenn ich an der

Regierung wär, würd ich die Lebenshaltungskosten senken, den Benzinpreis senken, damit die Leute so viel Auto fahren können, wie sie wollen, und die Fahrpreise für die Busse würde ich spottbillig machen. Und dann würde ich mich mehr um die Stadt kümmern, vor allem um die Kleinstädte auf dem Land, das ist total verkehrt, den Bezinpreis zweimal in einem Monat zu erhöhen.«

»Sie haben kein Auto, aber trotzdem sind Sie damit nicht einverstanden. Möchten Sie denn dann nicht auch, daß alle dasselbe haben?«

»Natürlich möchte ich das, du Idiot, aber das geht nie, es muß immer welche geben, die ärmer und welche die reicher sind. Manche können sich nicht mal was zu essen kaufen, und andere stopfen sich fast zwei Kilo Pommes frites rein und lassen keine einzige über. Ja, in den kommunistischen Ländern, da sagen sie, geht das, aber hier nicht. Hier ist das unmöglich, weil, wenn alle Leute dasselbe hätten, da würde keiner mehr arbeiten. Aber das zu begreifen, das ist für einen ungebildeten Neger wie dich zu hoch!«

»Jawohl.«

»Ich denk mir das so, es muß ja Leute geben, denen es sehr viel besser geht, damit sie den andern Arbeit geben können. Sonst hätten die ja keine Arbeit. Und hier in Rio, wenn mein Gehilfe, der mit mir zusammen arbeitet, reich wär, dann würde der nicht mit mir zusammen arbeiten, stimmt's? Dann würde der auf eigene Rechnung arbeiten. Wo ich nun aber besser dran bin als er, auch wenn ich nicht reich bin, helf ich ihm, ich helf einer ganzen Familie, verstehst du?«

»Sie sind ein guter Mensch.«

»Was heißt hier gut? Ein Scheißkerl ist das, der soll mal lieber erst seiner eignen Familie helfen, bevor er andern hilft, dieser verdammte Lügner!«

»Wer ist diese Frau?«

»Ein Flittchen.«

»Ist gut, dann kümmer ich mich nicht um sie und erzähl Ihnen jetzt alles aus Cocotá, es gibt viel Neues von da

zu erzählen, von Maria da Glória, die anscheinend . . .«
»Später! Ich erzähl dir jetzt ein paar Sachen hier aus Bauru.«
»Du Scheißkerl, du bist nicht in Bauru, du bist hier in Santíssimo, und du hast zwei Kinder, die jeden Tag was zu essen haben müssen.«
»Von Cocotá erzählst du mir ein andermal, das eilt ja nicht, oder?«
Erst will Josemar ihm das hier erzählen, und das ist die reine Wahrheit. An einem Dienstag, da hatte er frei, da traf er auf der Straße eine, mit der er im Bus von São Paulo nach Bauru gefahren war, mehrere Stunden, und sie sagte zu ihm, sie wär bei einer Schwägerin, und er brachte sie nach Haus, und als sie ankamen, machte die Schwägerin auf und da war das die Verônica, die ihm immer begegnete und die ihn immer ansah, obwohl sie bei ihrem Mann eingehakt war, und der war Fernfahrer. Und einige Zeit später, da sagte Verônica, er sollte ihren Mann umbringen. Aber Josemar ist ein anständiger Mensch, aber das weiß Maria da Glória nicht, und das will er ihr eines Tages noch erzählen.
»Du Scheißkerl, dann erzähl ihr auch, daß du dem armen Alten, der dir ein Steak geschenkt hat, tausend Cruzeiros geklaut hast.«
Da fing er dann was mit dem Mädchen an und die Verônica mochte ihn auch, klar? Alle beide. Aber die jüngere fuhr nach São Paulo zurück, und einmal schrieb sie ihm und schickte einen Brief für die Schwägerin mit. Als er dann zu der ging, machte die Verônica auf, das war so gegen zwölf, ihr Mann sollte erst um zwei kommen, »Hier ist der Brief, den ich dir abgeben soll.« Ein Wort gab das andre, da fragte sie, »Hast du mit ihr gebumst?« und was weiß ich. Er, »Nee, das hat nicht geklappt.« Da sagte sie dann, »Nicht möglich«, und daß ihr Mann erst so um zwei kommen würde. Und dann ging das los, im selben Moment fing das mit ihnen an, im Badezimmer hat er im Stehen mit ihr gebumst, mit der Frau von dem Fernfahrer. Und immer wenn der Mann

unterwegs war, ging er zu ihr und bumste mit ihr, immer. Eines Tages gab es einen Busunfall in der Nähe von Curaíba, auf der Strecke nach São Paulo, und mehr war darüber nicht bekannt, und da sagte sie zu ihm, »Mensch, ob der Saukerl vielleicht tot ist?« Er sagte, »Ich weiß nicht.« Dann hieß es im Radio, daß es nicht der wäre. Da sagte sie, sie wollte ihren Mann umbringen lassen, »Wegen dir, ich laß ihn umbringen, damit ich mit dir leben kann, du bist nämlich Spitze, hörst du?« Und er sagte immer dasselbe, »Nein, warum denn das? Mach das nicht, der Kerl ist in Ordnung, der ist fleißig, der muß am Leben bleiben, hörst du?«
»Wenn man dir hunderttausend Cruzeiros gegeben hätte, hättest du ihn umgebracht. Hinterrücks, du Waschlappen!«
»Ich muß dir aber noch viel aus Cocotá erzählen, von ...«
Einen Augenblick! Verônica war nämlich sehr nervös, sie und ihr Mann zankten sich viel, sie haßte ihn richtig, sie konnte ihn überhaupt nicht leiden. Sie sagte, es hätte keinen Zweck, der Mann würde mit ihr bumsen und es käm ihr nie, sie schaffte es einfach nicht. Später machte ihr Mann dann schlapp, weiß der Himmel warum, er nahm ein Mittel ein und schaffte es beim besten Willen nicht mehr, mit ihr zu bumsen, da wurde sie ganz verrückt nach dem andern, irgendwie würde sie ihren Mann schon umbringen, sagte sie, immer redete sie davon, daß sie ihn umbringen würde, immerzu. Aber später ist er dann nicht mehr zu Verônica gegangen, die war verdammt gut, dies liederliche Weibsstück.
»Josemar, du Tunte, darf ich dir denn überhaupt nichts erzählen? Soll ich lieber gehen?«
Wenn der Schwarze heute nach Santíssimo käm, um seine Mutter zu besuchen, die ihn großgezogen hat, als er Waise wurde, da würde er sie nicht antreffen, aber Josemar würde ihm von einer andren erzählen, die unheimlich gefährlich war, aber die ist aus Copacabana, hat 'nen Haufen Geld, die Alte. Und wenn der Schwarze ihm nicht glaubt, soll er zum Teufel gehen. Was er ihm auf keinen Fall erzählen wird, das

ist über die Lehrerin aus Cocotá, die Aneci. Wenn einer ein Kavalier ist, darf er nichts erzählen, was eine Frau in Verruf bringt. Und wenn da jetzt jemand zu Besuch käme und ihn mit diesem Teller Pommes frites sehen würde, dann würd er kapieren, was ein voller Teller ist. Die andere war eine Madame aus Copacabana, Frau von einem Doktor, einem tüchtigen Arzt, und manchmal sagte sie zu ihm, »Ach, ich laß meinen Mann umbringen, dann kann ich mit dir leben.« Das sagte sie immer wieder. Er hat ihr die ganze Küche neu gekachelt, und seine Arbeit gefiel ihr sehr gut und er auch. Da ging's mit ihr durch, sie lud ihn dauernd zum Bier ein, zum Mittagessen, Abendessen, verstanden? Na schön. Eines Tages war es dann soweit, daß sie 'ne Nummer abzogen. Er machte was mit der Madame ab, er sagte, »Also, wir gehen heute abend um zehn weg.« Sie gingen also abends um zehn weg, in ein Hotel in der Stadt, da blieben sie die ganze Nacht und kamen morgens um sechs zurück. Er kannte ihren Mann nicht, sie sagte, »Ach, den muß ich umbringen lassen, der lebt mit einer anderen Frau zusammen.« Ihr Mann, der kommt aber auch zu ihr, klar?, er lebt mit beiden zusammen, er ist jünger als sie, und sie hat drei Wohnungen, diese Dame, klar? Da sagte sie, es hat keinen Zweck, sie müht sich ab, mit dem Mann Verkehr zu haben, aber seit fünf Jahren hat sie nichts mehr mit ihm, aber zum Schlafen kommt er immer zu ihr nach Haus. Zwei Kinder hat sie, von ihrem Mann, er war ein armer Kerl, und sie hat ihn reich gemacht, klar?, hat ihm das Studium bezahlt, dafür gesorgt, daß er seinen Doktor gemacht hat und so, und dann, als er den dann hatte, da hat er sie verlassen, das Schwein! Manchmal hatte sie Lust auf einen ordentlichen Fick, einen richtig schönen Fick. Er sagte zu ihr, »Mir macht das nichts, meinetwegen können wir mal ausgehen«, na schön, da sind sie also mal ausgegangen, nicht?, und einmal sind sie die ganze Nacht im Hotel geblieben. Und als er gerade mit ihr gebumst hat, ist sie aus dem Bett gefallen, hat sich am Kopf verletzt, und er auch. Sie fiel aus dem Bett, als es ihr grade kam, sie legte den Kopf auf das Kopfkissen, es kam richtig Blut raus, wirklich, ehrlich. Da sagte sie, »Versprich mir, daß du ihn umbringst . . . sonst hol ich die Polizei und sag, daß du mich mit Absicht verletzt hast.« Das paßte ihm aber überhaupt nicht, und das war dann das letzte Mal.

»Du hast darauf gewartet, daß die Madame dir eine Million Cruzeiros anbietet, aber sie hat nichts von Geld gesagt, du verdammter Scheißkerl.«

Der Schwarze würde ihm das nicht glauben, manchmal erzählt er dem Schwarzen nichts, weil der überhaupt nichts glaubt. Der Schwarze hat erzählt, »Eine Mulattin wollte mich umbringen, mit ihren eigenen Händen!«, da in Rio, ein Hausmädchen aus dem Stadtteil Leme, »Ich wußte nicht, daß sie nicht ganz richtig im Kopf ist, und hab mit ihr gebumst, zum Glück hab ich sie nie wiedergesehen, weil sie immer ganz weiß angezogen war, die hatte es mit den Nerven, weil sie von einem Kerl ein uneheliches Kind bekommen hat und es mit einem Kissen ersticken wollte, aber dann hat sie es bereut und ist schreiend zur Wache gelaufen.«

»Hat sie sich nicht mit den Fingernägeln ins eigne Fleisch gekrallt, so wie ich? Was hat sie geschrien?«

»Sie hat geschrien, ihr Leben wär die Hölle auf Erden. Und wenn sie böse auf mich war, hat sie mir das auch ins Gesicht geschrien, daß ihr Leben die Hölle auf Erden wär. Sie wollte zur Polizei, wenn man sie nicht dran gehindert hätte, und sich als Verbrecherin stellen, weil sie ihr Kind umgebracht hätte; und ihre Herrin fand sie auf der Straße, die war so verrückt, daß sie das Kind in einen Lumpen gewickelt hatte und damit mitten auf der Straße stand und sich von den Autos überfahren lassen wollte.« Er glaubt auch nicht alles, was der Schwarze ihm erzählt, aus Cocotá, daß viele Leute ihn grüßen lassen und daß der Herr, dem das Land gehört, nach ihm gefragt hat und ihm ausrichten läßt, wenn er in die Stadt zurückkommt, soll er vorbeikommen und guten Tag sagen und sich den Fußballplatz ansehen, den er hinter dem

Haus gebaut hat, und den Tennisplatz, und daß er stolz ist, daß ein Sohn der Stadt so weit weg arbeitet, obwohl er ein undankbarer Kerl wär, denn er hätte sich nicht mal verabschiedet. Und daß die Söhne von dem Herrn schon groß sind und mit den Mädchen anbändeln, und Josemar erzählte dem Schwarzen auch nichts von der Lehrerin. An die fünfzehn Jahre waren vergangen, als er sie wiedertraf.
»Mein Gott, wie braun sind die Kartoffeln! Verbrennen Sie sich damit nicht den Mund, wenn die so heiß sind?«
Er war die ganze Grundschule über bei ihr, für ihn gab es keine bessere Lehrerin, so gut gefiel sie ihm. Danach war sie weg, verschwunden. Und er war schon siebenundzwanzig, als er die Leitungen da in der Gegend von Mato Grosso überprüfen sollte, klar? Da erkannte er sie wieder, ging näher ran und sah sie genau an. Er war da in der Stadt im Hotel Paraíso untergebracht und arbeitete für die CESP, da sah er die Frau vorbeigehen, jeden Tag kam sie morgens vorbei, um halb neun, da sagte er sich, gut, »Die da ist die Aneci, das muß meine Grundschullehrerin sein.« Vom Hotelfenster konnte er sie sehen. Eines Tages ging er runter und wartete, bis sie vorbeikam, »Senhora, entschuldigen Sie, was ich Ihnen sagen will. Ich möchte Sie bitten, nehmen Sie das nicht übel, daß Sie mir Ihren Namen sagen«, »Ich heiße Aneci Soares«, »Wo haben Sie früher gewohnt? Wann war das, daß Sie woanders unterrichtet haben?« »Ich habe in Cocotá, in Nova Iguaçu und in Miguel Couto unterrichtet«, »Können Sie sich noch an Schüler erinnern, die Sie früher gehabt haben?«, »Ich kann mich an viele erinnern«, »Und an eine ziemlich ungewöhnliche Geschichte mit einem unheimlich aufdringlichen Schüler können Sie sich nicht erinnern?« Da überlegte und überlegte sie, und er wollte ihr auf die Sprünge helfen, »Hör zu, mein Lieber, die Sache ist so, ich habe viele Schüler gehabt, ich freu mich sehr darüber, was du da sagst, aber meine Stunde fängt gleich an. Laß uns das so machen: Ich treff dich später hier, heute abend um acht, da sehen wir dann, woran wir beide, du und ich, uns

noch erinnern; aber sag mal, was machst du jetzt?«, »Ich bin Leitungskontrolleur bei der CESP.« Da wußte sie schon ungefähr Bescheid, was für eine Firma das ist, er sagte, daß er hauptsächlich Transformatoren montierte. Es war klar, daß sie noch nicht wußte, wer er war. Hübsch war sie, bildhübsch. Sie hatte noch immer eine Klassefigur, »Na schön, ich hoffe, Sie lassen die Verabredung nicht sausen, um acht Uhr, dann hab ich zu Abend gegessen; ich fühl, da ist 'ne Kleinigkeit zwischen uns, das werden wir bald raushaben.« Als es dann acht war, war sie auf die Minute da. Vom Hotelfenster sah er sie da unten, »Heute setzen wir uns da auf den Platz, meine Liebe, und unterhalten uns, einverstanden?«, sie redete über viele Schüler, die er damals gekannt hatte, aber über ihn sagte sie nichts, »Ich hab Schüler gehabt, die suchten immer Streit, einer war Geraldo«, mit dem hatte er sich wirklich viel gestritten, mit dem gab es immer Schlägereien, sie prügelten sich wirklich, ganz im Ernst, »Da war Geraldo, Deraldo, Léo, Cléo, eine ganze Menge Jungs, die sich immer prügelten, ich kann mich sehr gut an meine Schüler erinnern.« Und danach bat sie ihn, sie nach Hause zu bringen, weil sie weit weg wohnte und es schon spät war, durch ein paar dunkle Straßen, und dann sagte sie zu ihm, »Ich fühl mich sicherer, wenn um diese Zeit ein Mann bei mir ist, es ist so dunkel; ich geh um diese Zeit nie weg, weil ich Angst habe, allein nach Hause zu gehen; ich finde es schön, als Frau allein zu leben, aber das mag ich nicht, daß ich niemand habe, der mich abends nach Hause bringt.« Er hielt sich nicht zurück und legte den Arm um sie. Sie fragte, an welchem Tag er Geburtstag hätte, und dann sagte sie zu ihm, daß er ein ganz besonderes Sternzeichen wär, nämlich ein Löwe. Und als sie an ganz dicht belaubten Bäumen vorbeikamen, blieb er stehen und sagte, die Bäume wären ganz ähnlich wie die in Cocotá, und das stimmte gar nicht, er wollte nur wissen, was sie dann sagen würde, ob sie schnell weiter nach Haus gehen oder da bleiben würde. Sie blieb stehen, wie eine zahme Kuh. Und dann hat er sie auf dem Gras gebumst, wie das war, weiß er schon gar nicht mehr, das einzige, woran er sich noch erinnert, war, daß sie nicht mal miteinander geredet haben, als er sie schon fast im Arm hatte und sie sich überhaupt nicht gewehrt hat, er zog ihr das Höschen runter und legte sie aufs Gras und brachte sie vor Lust zum Schreien, aber dann hat er sich ganz einfach da von ihr verabschiedet, hat sie nicht nach Hause gebracht, er hat nur irgendwas zu ihr gesagt, daß er für eine Partie Billard oder was ähnliches erwartet würde, und verabredete sich mit ihr für den nächsten Abend, und er weiß nicht mehr, ob er irgendeine Leitung auf dem Land überprüfen mußte oder was da war oder ob er am nächsten Tag nach Bauru zurück mußte, aber gesehen hat er sie danach nie wieder. Er hat ihr gegenüber nichts von dem Brief gesagt, den er ihr geschrieben hat, als er elf war, warum sollte er die Zeit damit vergeuden?, sie erinnerte sich ja auch nicht mehr an ihn, denn wenn eine Frau auf der Straße rumhurt, dann spielt das für sie keine Rolle, ob das der eine oder der andere ist. Obwohl er fest geglaubt hat, daß sie von einem andern Kaliber war, nicht? Aber dem Schwarzen hat er das nicht erzählt. Und wozu soll er nun diese vier oder fünf Pommes frites auf dem Teller lassen? Rein damit!

Neuntes Kapitel

»Warum ist das Haus so sauber?«

Seine Mutter ist zurückgekommen, sie ist wirklich eine gute Frau, kaum war sie da, fing sie schon an zu putzen.

»Du hast schon ziemlich lange nicht mehr an mich gedacht, stimmt's?«

Aber sie war nicht gesund, als sie zurückkam. Im Krankenhaus in der Stadt hatten sie ihr dasselbe wie im Krankenhaus in Santíssimo gesagt, »Sie brauchen eine Behandlung und müssen hier in der Stadt bleiben, damit Ihre älteste Tochter sich um Sie kümmern kann.« Er fragte sie, »Alte, warum sind Sie dann hierher zurückgekommen, wenn Sie noch nicht mal die Behandlung zu Ende gemacht haben, von der Sie gesund werden sollten, ganz gesund?« Und sie, »Deine älteste Schwester wird sich um mich kümmern, und dann werd ich ganz gesund, das hab ich meinem Sohn zu verdanken, der damals die Operation bezahlt hat, die so teuer war, alles, alles hab ich meinem Sohn zu verdanken, der ist ein so guter Sohn.« Und sie nahm ihn in den Arm, ganz fest. Sie weinte, aber nicht vor Freude, sondern weil sie traurig war.

»War sie nicht Gott dankbar, daß sie gesund werden sollte?«

Sie machte sich Sorgen, die Behandlung, die man ihm in Santíssimo genannt hatte, war sehr teuer, und in Cocotá hatten sie ihr gesagt, daß sie noch teurer würde, das war der Mist. Und die Alte, »Das einzige, was ich noch zu verkaufen hab, ist dies Haus hier, aber dann hast du kein Dach mehr über dem Kopf, mein lieber Junge, du, der mir das Leben gerettet hat; und das werde ich nie im Leben zulassen.« Und er überlegte hin und her, »Alte, machen Sie sich keine Sorgen, Ihr Sohn treibt das verdammte Geld schon irgendwie auf, wenn nicht, dann können Sie unbesorgt das Haus verkaufen, Ihr Sohn ist ja ein erwachsener Mann.« Aber er wurde sehr trübsinnig. Irgendwie treibt er das Geld noch auf, ohne daß das Haus verkauft werden muß, oder etwa nicht?

»Deine Mutter schläft, warum bist du aufgewacht? Es ist erst zwei Uhr nachts.«

Wenn Glória ihn hören könnte, würde er sie um etwas bitten.

»Was denn?«

Daß sie ihm beweist, weiß der Himmel wie, daß sie ihn noch immer liebt.

»Warum?«

Noch nie im Leben ist es ihm so dreckig gegangen, er bittet sie, ihm zu helfen. Wenn seine Mutter merkt, was mit ihm los ist, verdammter Scheiß, dann wird sie noch kranker, womöglich kratzt sie dann ab.

»Und der arme kleine Junge ist dann allein, du Mistkerl, du Scheißkerl, woran denkst du grade? Der Ball von deinen Kindern hier hat ein Loch, damit kann man nicht mehr spielen.«

Der Ball hat in der Innenhülle ein Loch. Als er gestern abend von der Arbeit nach Haus kam, war sie zu Besuch da, die Mutter von seinen Kindern. Er hat sie übrigens gut behandelt, er kann nicht anders, weil er nicht mit ihr redet und so weiter, aber als er so gegen zehn nach Haus kam, da redete seine Mutter mit dieser Frau. Sie sagte, »Erlaubst du, daß ich deine Mutter besuche?« Da sagte er, »Schon gut, du kannst gern herkommen, laßt euch nicht stören«, weil sie die beiden Kinder mithatte. Der Ball hat in der Innenhülle ein Loch, sie haben ihn dagelassen, damit er ihn repariert. Er ging raus, zum Duschen und so weiter, dann ging er sich das Abendessen aufwärmen, irgendwas essen, er hatte einen Mordshunger, hatte noch nichts zu Mittag gegessen. Als Maria de Lourdes dann wegging, fragte sie, »Na, bist du zufrieden, daß ich hergekommen bin?« Und er, »Das ist gut so, daß du herkommst, da siehst du dann meine Familie.« Und sie bot an, sich so gut wie möglich um die Alte zu

kümmern, solange sie krank war. Darauf er, »Ich danke dir, das ist gut, und wenn's geht, wenn ich mal Geld hab, bezahl ich dich, ich brauch nämlich Hilfe«, und sie, »Du hast noch immer deinen Stolz, was? Jedes bißchen willst du bezahlen«; darauf er, »Nein, so ist das nicht, ich will nur niemandem einen Gefallen schuldig sein.« Sie ging weg, nahm die Kinder mit, die Jungs störten, zankten sich vor der Großmutter, er begrüßte sie, sie wollten hundert Cruzeiros von ihm für die Reparatur von dem Ball, die hatte er nicht, »Ach, die hab ich nicht, nächstens geb ich sie dir, heute bin ich blank«, »Ach, wir wollen aber Fußball spielen«, und so weiter und so fort, »Keine Sorge, am Wochenende kriegt ihr ihn geklebt zurück. Ich behalt den Ball hier und nehm ihn morgen zu jemand mit, die machen ihn mir wieder heil und kassieren nichts von mir dafür«, »Papa, gib mir zehn Cruzeiros für Bonbons!«, »Ja, Papa, mir auch, zehn Cruzeiros, sei lieb!« Und er, »Die hab ich heute nicht, ich hab nur noch das Geld für die Busfahrt morgen, mehr Geld hab ich nicht«; darauf der Ältere, »Ist gut, dann komm ich Samstag her und hol den Ball ab«, da sagte er, »Also, Samstag könnt ihr den Ball wieder abholen.« Lourdes verabschiedete sich schon von seiner Mutter, »Ich will sehen, daß ich Ihnen helfen kann, wenn ich mal zwischendurch frei hab, komm ich her auf einen Schwatz, dann unterhalten wir uns und so«, seine Alte redet nämlich gern mit andern, klar?, so viel wie möglich ablenken. Die Lourdes, die Frau ist viel wert.
»Mir ist das jetzt egal, was du von mir denkst, ich kenn dich zur Genüge.«
Der Kleinere ist vier, der ist aufsässig, zankt viel, wenn man nicht aufpaßt, macht er alles kaputt. Sie sind den ganzen Tag zusammen, der andre ist sechs. Aber sie erzählt der Großmutter, daß sie unmöglich sind, verschlagen, das ganze Haus auf den Kopf stellen, zu Haus ein fürchterliches Durcheinander machen, all so was? Bildhübsch sind die Jungs. Aber sie, die ist als Frau was Besonderes, nicht?, immer so still und so, und gestern, da hat sie unheimlich viel

geredet, den Mund aufgemacht, richtig geredet. Und er, »Verdammt, Sie hatten aber gestern einen langen Besuch.« Und seine Mutter sagte, »Schon gut, laß sie, sie hat mich gern und so, nur mit dir will sie nichts zu tun haben, was weiß ich«, und er, »Was ich wollte, hab ich schon, das sind die zwei Kinder.« Er hat die Unterhaltung nicht in die Länge gezogen, er ist in den Garten gegangen. Die Mutter seiner Kinder bot sich an zu helfen, Wäsche zu waschen, dann hat sie die Alte gefragt, warum sie nach Cocotá zurück wollte, »Warum bleiben Sie nicht hier?« Und seine Mutter hat zu ihr gesagt, »Weil ich das Haus verkaufen will und so«, und die andre, »Und Josemar, was wird aus dem?« Darauf die Mutter, »Josemar wird für sich selbst sorgen«, und die andre, »Das ist doch aber komisch«, die Mutter seiner Kinder fand das nicht in Ordnung, klar? Da sagte seine Mutter, »Ich muß aber das Haus verkaufen, das muß ich, weil ich so ein paar Sachen in Ordnung bringen muß, ich muß auch noch der Sozialversicherung was zurückzahlen, das muß ich alles in Ordnung bringen.« So war das mit dem Besuch, der dauerte ewig. Da sagte die andre, sie würde immer kommen, der Alten helfen, wenn seine Mutter was zu waschen hätte, und lauter solche Sachen.

»Wenn man dich hier raussetzt, komm nicht zu mir, zu mir und meinen Kindern kommst du nicht rein.«

Sie ist Lehrerin, arbeitet in zwei Schichten, er meint, sie fängt um acht in der Schule an und kommt um zwölf raus, und von zwei bis sechs arbeitet sie in einer andren Privatschule. So sieht das bei ihr aus, sie arbeitet wie eine Verrückte. Und zu Haus muß sie dann noch mit ihren Kindern weitermachen, Essen, Milch, die Flasche, alles, was Kinder so brauchen. Die Frau ist in Ordnung, die ist fleißig. Aber anfassen tut er sie schon seit fast vier Jahren nicht mehr und hat auch keine Lust dazu. Wenn ihm was über wird, läßt er es ganz sein, verstanden?, wenn er sich das einmal vorgenommen hat, will er nicht mehr, aus und vorbei, dann kümmert er sich gar nicht mehr. Wenn er einmal weg ist, geht er nie wieder hin.

»Weil du ja auch nicht wieder reingelassen wirst.«

Sie hat sich viel mit ihm gestritten, nicht? Verdammt, er hat doch keine feste Zeit, keine feste Stunde, wann er nach Hause kommt, er weiß nie, wann er von seiner Arbeitsstelle weg kann, und sie wollte ihm eine feste Arbeitszeit vorschreiben, im Ernst. Sie sagte, »Sieh zu, daß du um sieben zu Haus bist.« Jeden Tag. Aber nicht mit ihm. Das Spiel wollte er nicht mitmachen, klar? Wie sollte er denn jeden Tag so früh nach Haus kommen, um sieben zu Haus, um wieviel Uhr soll er denn dann von seiner Arbeit weg, und was soll dann aus seiner Arbeit werden? Wenn es ihm paßte, ging er zu ihr, sonst schlief er bei sich zu Hause.

»Hast du niemals mit einer Schlange nach ihr geworfen, so wie nach mir, wenn du mir Angst machen wolltest?«

Sie und die Schlangen stecken unter einer Decke. Aber häßlich ist sie nicht, sie ist hübsch, eine schöne Frau. Brünett mit langen Haaren. Jetzt ist sie grad blond, ja. Mal was anderes. Und gefährlich ist sie! Sie und eine Schlange, die können sich zusammen vergnügen, die sind beide giftig.

»Hast du nie daran gedacht, sie umzubringen, so wie eine Schlange?«

Wenn er Maria da Glória mit einem andern sähe, würde er sie umbringen, dachte er. Als der schwarze Zilmar damals nach Bauru kam, erzählte er ihm, »Maria da Glória geht es besser, sie geht wieder zur Schule, wenn sie mal wirklich ihre Ausbildung zu Ende macht, wird sie Lehrerin; es geht ihr mit den Nerven schon besser. An die Vergangenheit denkt sie schon gar nicht mehr. Aber sie geht nicht viel aus, hat keinen Freund, da bin ich sicher.«

»Das stimmt nicht, ich denke noch immer an das, was geschehen ist.«

Und er sagte zu dem Schwarzen, »Das stimmt nicht, was du gesagt hast, sie denkt noch immer an das, was geschehen ist.« Und der Schwarze fragte, warum er sich niemals mit

Matias angefreundet hatte. Und das stimmte, Matias war nicht sein Freund, aber Glória redete viel mit diesem Matias, Matias hieß der Kerl, ein großer, dicker Kerl. Sie sagte immer, »Also, das ist so, Josemar, Matias ist hier bei uns aufgewachsen, zusammen mit meinem Bruder, ich hab nichts mit Matias.« Aber das war für ihn ein Nervenkrieg.
»Matias ist zum Studium weggegangen, ich habe ihn nie wiedergesehen.«
Verdammt, er hat ihr gesagt, sie sollte nicht mehr mit diesem Kerl sprechen! Er merkte, daß der Typ sie ganz gern hatte. Der Matias ist an die Universität gegangen und studiert irgend so was, Landwirtschaft, »Ich will nicht, daß du mit dem Typ redest, verdammt!« Aber man kann Maria da Glória nicht viel anschreien, weil sie krank ist. Die haben ihm gesagt, daß sie ihn sieht, obwohl er weit weg ist, nicht? Sie sieht ihn, wie er mit einem Blumenstrauß kommt, und der ist jedesmal größer, das sagen die Leute.
»Das stimmt, ich habe nichts vergessen, ich denke noch immer daran, was passiert ist. Und du bist nicht traurig, weil deine Mutter schon die Obstbäume begossen hat, und in Bauru bist du auch nicht mehr.«
Er ist aus Bauru weggegangen, weil er die Entfernung nicht mehr aushielt.
»Du gemeiner Scheißkerl, alles gelogen, versuch nicht, diese arme Verrückte für dich auszunutzen, nur weil sie dir alles geglaubt hat, du mußt die Wahrheit sagen, auch wenn dir das weh tut.«
Er war unterwegs und sollte ein paar Masten aufstellen, solche für Hochspannung, da irgendwo auf dem Land, aber als er nach Bauru zurückkam, sagten sie ihm, die andern wären abgereist. Die CESP war nicht mehr da, verstanden?, und er stand da ohne Geld, keinen Pfennig in der Tasche, zwei Cruzeiros hatte er noch. Die waren abgereist, alle Mann, das Hotel war schon gekündigt und hatte Anweisung, keine Krume mehr umsonst zu geben, die waren alle in eine andre Stadt an der Grenze nach Mato Grosso gefahren,

das waren fast tausend Kilometer, und er hatte keinen Pfennig für die Fahrt. Da saß er nun allein in der Stadt, klar?, in dem Augenblick wußte er niemand, den er um Hilfe bitten konnte, von seinen Kollegen war kein einziger mehr da, im Hotel war nur die Adresse, wo er hin sollte, sonst nichts. Er war mit niemand befreundet, so lange war er nicht da gewesen. Drei Jahre hatte er in Bauru verbracht und jetzt sollte er weg. Da wurde er ganz verzweifelt, über zwei Stunden überlegte er, wie er das machen sollte, ohne einen Pfennig nach Mato Grosso zu kommen. Dann überlegte er sich, daß er irgend jemand anschmieren könnte, also ging er zu der Pension von dem Typen, »Du weißt doch, daß ich von hier bin, ich bin schon lange hier und so, ich brauch zwanzig Cruzeiros für die Fahrt in eine Stadt in Mato Grosso, verdammt weit weg, und dann und dann bring ich dir das Geld zurück.« Der Typ hatte die Moneten aber nicht, und er wartete nur noch auf den Bus, in dem Augenblick ging es ihm gar nicht gut, als der Bus dann abfahren sollte, er sollte zwanzig vor zwölf fahren, da nahm er dann den Bus und verabschiedete sich von allen, von all den Leuten, mit denen er da Fußball gespielt hatte, nicht?, da war's schon gut. Drei Jahre da in Bauru, da fuhr der Bus ab, aber er war mit niemand so befreundet, daß er sich von dem Geld oder irgendwas leihen konnte, verstanden?, weil er niemand von seiner Familie in Bauru hatte, da drehte er durch, von wem sollte er sich was leihen? Da redete er mit dem Typ, und der Typ, »Kein Problem, alles klar.« Da schlug er dem Typ vor, ihm seine Uhr als Pfand dazulassen, »Behalt die Uhr hier.« Und der Typ, »Nein, nein, du bist doch in Ordnung, du hast hier in der Stadt noch nie 'ne Schweinerei gemacht, aber besser, du läßt was hier, das wär nett.« Das war eine vergoldete Uhr, das Armband war auch aus Metall, aber nur versilbert. Da fuhr er dann los, zu der Stadt an der Grenze von Mato Grosso. Das war der Besitzer von der Pension, wo sie mittags und abends aßen. Na schön. Damit war's dann vorbei, in der Stadt Bauru hatte er schon alles geregelt, und wieder eine Nacht im Bus, klar?, alles dunkel, alles schwarz, nicht der geringste Dreck zu sehen.

»Ich weiß, Schwarz macht dich traurig.«

Die Farbe Nachtschwarz bedeutet für ihn manchmal Trauer, wenn einer krank ist, sterbenskrank, wenn eine Frau ein Kind bekommt und sterben kann oder wenn sie schon tatsächlich tot ist. Wenn er traurig ist, ist die Farbe Schwarz für ihn Trauer, wenn's ihm gut geht, ist das für ihn eine Ruhepause, dann ist es Zeit zum Schlafen. Aber einmal, als er nicht schlafen konnte, als seine Mutter über Schmerzen jammerte, weil die Fátima geboren werden sollte, da ist er aufgestanden und hat einen Brief an die Lehrerin geschrieben.

»Warum ist Schwarz die Farbe der Trauer? Ich weiß das nicht, ich habe Mama gefragt, und sie weiß das auch nicht.«

Das haben die Leute früher so ausgemacht, nicht?, die Sklaven, diese Sachen alle, als Brasilien befreit wurde, das schwarze brasilianische Volk. Früher hatten die Schwarzen nicht dieselben Möglichkeiten wie heute, stimmt's? So durch die Straßen gehen, raus aufs Land und so, die gingen in Ketten, mit Stricken um den Hals, wenn sie mal was anstellen oder mal bumsen wollten, irgendeine Frau, wurden sie umgebracht, lauter solche Sachen. Die Schwarzen mögen meist Trauer nicht, das erinnert sie an die Zeit, als sie Sklaven waren, und wenn von der Prinzessin Isabel die Rede ist, kriegen sie es alle mit der Angst. Aber wenn seine Mutter weggeht und das Haus verkauft, weiß er nicht, wohin das noch führen soll.

»Deine Mutter schläft ganz tief, willst du nicht mit mir in den Garten gehen? Wenn es dich vor lauter Schluchzen schüttelt, könnte sie davon aufwachen.«

Ein richtiger Mann weint nicht, und er muß das durchstehen.

»Komm mit nach draußen, die frische Luft wird dir guttun, der Mond scheint nicht, es ist ganz dunkel.«

Er wollte immer rauskriegen, warum Glória schwarze Kleidung so gern mochte. Sie wollte es nicht sagen. Aber eines Tages sagte sie, »An dem Tag, als ich dich das erstemal getroffen hab, da hattest du schwarze Sachen an, alles ganz schwarz.« Verdammt, da wurde ihm richtig klar, daß sie tatsächlich Typen mochte, die sich schwarz anzogen, »Also, wie ist das nun genau? Meinst du mich in schwarzen Sachen oder jeden beliebigen in Schwarz?« Und sie, »Nein, ich mochte Schwarz erst von dem Augenblick an, als ich dich kennengelernt habe, als ich dich in Schwarz gesehen habe, und ich möchte dich um einen Gefallen bitten, daß du immer etwas Schwarzes anziehst, wenn du mit mir ausgehst.« Da gingen sie dann meist so, er in schwarzen Hosen oder im schwarzen Hemd, und sie im schwarzen Kleid oder in einer sportlichen schwarzen Hose, irgendwas Schwarzes gab es immer bei ihnen beiden. So war das, das war zwischen ihnen abgemacht.
»Männer weinen nicht, das finde ich gut an dir, daß du die Sachen durchstehen kannst. Als ein richtiger Mann. Heute nacht funkeln die Sterne nicht besonders, oder?«
Es gibt eine Zeit, da wird der Himmel besonders schön, das ist genau um diese Zeit, zwischen zwei und drei Uhr morgens. Wenn der Himmel ganz, ganz klar ist und du schaust ihn an, dann ist der Himmel ganz anders. Wer sonst kümmert sich schon um den Himmel, was? Aber er, er sieht sich den Himmel wirklich genau an. Immer wieder mal steht er mitten in der Nacht da und schaut zum Mond. Letzte Woche war das, da ist er so ungefähr um diese Zeit aufgewacht. Da ist er hier in den Garten rausgegangen, hat nach oben geschaut, und da kam der Mond, so gerundet, diese Mondsichel, das war wunderschön! Ging auf wie eine Blüte, nicht?, die sich grade öffnen will. Heute nacht ist es dunkel, und er hat seine Mutter nicht gefragt, wie es Maria da Glória geht, ob sie von irgend jemand was über sie gehört hat.
»Das stimmt, was die Leute früher gesagt haben.«

Sie haben viel über sie geredet, weil sie glaubte, daß sie ein Kind hatte, und als niemand was sah, erstickte sie das Kind, und dann bereute sie es und wollte zur Polizei gehen, wenn man sie nicht dran gehindert hätte, und sich als Verbrecherin stellen, weil sie ihr Kind umgebracht hatte. Und das einzige Mal, als er wieder in der Stadt war, hat ihre Mutter ihn auf der Straße getroffen und zu ihm gesagt, »Meine Tochter hat die Hölle auf Erden«, weil sie eines Tages irgendwas in ein paar Lumpen gewickelt und wie ein Kind im Arm gehalten hat und damit über die Straße gegangen ist, als gerade ein Auto vorbeikam, weil sie sich überfahren lassen wollte, sich und das Kind.

»Das muß mit einem andern Mädchen passiert sein, nicht mit mir. Was ist das, die Hölle auf Erden?«

Wenn sie im Garten pussierten, fragte Glória ihn immer alles mögliche, was er am liebsten auf der Welt hätte und so, und dabei vergingen die Stunden und er faßte alles an, was er bei ihr anfassen wollte. Aber sie hat ihn niemals gefragt, was die Hölle auf Erden ist, denn sonst hätte er ihr geantwortet, und dann würde sie sich jetzt daran erinnern. Jetzt weiß er nicht, was das ist, und es ist gut, wenn man im Leben weiß, wo das Böse ist, damit man nicht den verkehrten Weg einschlägt. Wenn sie ihn hören könnte, würde er sie auch eine Menge fragen, und damit würden dann die dunkelsten Stunden der Nacht vergehen.

»Und für deine Mutter, was wäre für die die Hölle auf Erden?«

Der Himmel wäre für sie, wenn sie immer mit ihrem Sohn zusammensein, alle leeren Stellen in ihrem Leben ausfüllen könnte, gestern, als sie mit ihm über die Nacht gesprochen hat, hat sie gesagt, »Jesses, Kind, ich weiß nicht, was ich machen soll . . .«, dabei hat sie ganz anders gesprochen, ihre Stimme klang ganz anders. Und er hat ihr immer geholfen, nicht? »Nein, Mama, ist doch alles gut, Sie verkaufen das Haus, ist nichts dabei, das wichtigste ist, daß Sie Ihr Problem lösen, kümmern Sie sich darum und denken Sie nicht an mich.« Weil das Haus auf ihren Namen läuft. Er ist der Sohn, den sie sich immer gewünscht hat. Aber er möchte keinen aufsässigen Sohn haben, der immer Streit anfängt, verstanden? Dann will er ihn nicht, dann akzeptiert er ihn nicht als seinen Sohn. Es gibt nämlich sehr gute Kinder, mit denen kann man reden und bekommt sie dann gut in den Griff, aber manche Kinder sind dickköpfig, unruhig, zanken sich, werfen Steine, schimpfen, fluchen, vertragen sich mit keinem und so, so eins möchte er nicht haben. Das wäre vielleicht für ihn die Hölle auf Erden. Er weiß nicht.

»Wie ist die Hölle auf Erden? Gibt es da viel Feuer? Große Feuerhaufen?«

Nein, so was gibt es da nicht, davon sieht er da nichts. Er weiß von diesen Sachen nichts. Große Feuerhaufen findet er sehr schön.

»Kannst du nichts sehen, weil der Mond nicht scheint und es zu dunkel ist?«

Es ist kalt, und er ist sicher, daß es ganz arme Leute gibt, die in dieser Nacht in der feuchten Luft draußen im Freien schlafen müssen. Wenn es regnet, gehen ihre Feuer aus, und dann zittern die Leute vor Kälte, ohne Dach über dem Kopf.

»Deine Kinder sind nicht meine, oder? Manchmal werden die so aufsässig, weil der Vater nicht gut ist, so ist das doch, oder?«

Die sind schon von Geburt an aufsässig, von schlechtem Charakter, und das hält man nicht so leicht aus, das ist ziemlich unmöglich, man muß sie prügeln, und prügeln nützt nichts, da werden sie noch aufsässiger. Die werden schon als Nichtsnutze, zum Stehlen geboren, wenn die schon von Geburt an so sind, dann hilft nichts, die sind mit nichts glücklich. Geschenke machen und so weiter, das hilft alles nichts, das steckt schon in ihnen drin.

»Was steckt bloß in deinem Kind drin?«

Und dieses böse Blut, Blut ist nicht so wie ein Mensch, verstanden?, manchmal ist es einfacher, einen Löwen zu bändigen als ein Kind, oder?, weil das mit dem Löwen so ist: Du kümmerst dich jeden Tag um ihn, nur du allein, so allmählich wird er zutraulich, fängt an, dich zu mögen, aber das ist eine falsche Zuneigung, stimmt's? Der kann jeden Augenblick tückisch, falsch werden.

»Aber sagt man nicht, daß der Löwe das edelste Tier des Urwalds ist?«

Von wegen, der Löwe an sich ist eins der gefährlichsten Tiere, die es überhaupt gibt. Das weiß er.

»Aber dein Sternzeichen ist doch der Löwe.«

Sein Sternzeichen Löwe ist ein ruhiger Löwe, verstanden?

»Und was für einen Vater möchtest du nicht haben?«

Er kümmert sich mehr um seine beiden Kinder, als sein Vater das in seinem ganzen verdammten Leben jemals getan hat. Sein Vater hat nie was für ihn getan, verdammt, der hat ihm nie geholfen. Wann hat er seine ersten Schuhe bekommen? Mit zwölf, die ganze übrige Zeit mußte er immer barfuß laufen, klar? Und heute, so ab und zu, schlechte Zeiten und so, mit seinen beiden Kindern, da geht er manchmal hin, und wenn er mal tausend Cruzeiros in der Tasche übrig hat, sagt er, »Hier, nimm das, ich will, daß du das nimmst, kauf den Kindern Schuhe«, und lauter solche Sachen. Deshalb sind die Kinder wirklich gut angezogen, hübsch, ganz sauber, so einer, das ist in seinen Augen ein richtiger Vater.

»Ist dir nicht kalt? Ist die Nacht nicht zu kühl?«

Er will reingehen, weil ihm kalt ist und er sich so leicht erkältet. Diese Städte konnte er nicht mehr aushalten, die waren saukalt, diese verdammte CESP, da irgendwo am Ende der Welt, deshalb hat er die Arbeit aufgegeben. Da in Mato Grosso hat er noch ein paar Monate ausgehalten, aber dann ist er weggegangen, weil es bis zum Urlaub nicht mehr lange war.

»Ich weiß, es dauert gar nicht mehr lange, dann bekommst du da in Mato Grosso Urlaub, was willst du in der Zeit machen?«

Und er sagte zum schwarzen Zilmar, er hätte auch geglaubt, daß sie ihn vergessen hätte, aber das war nicht wahr. Sobald er bei der CESP Urlaub bekam, wollte er sie besuchen, weil er schon halb verrückt wurde, nicht, vor lauter Sehnsucht, sie wiederzusehen.
»Laß uns reingehen, es ist nicht gut, wenn du frierst.«
Das hat er dem Schwarzen erzählt. Sobald er bei der CESP Urlaub bekommt, will er sie besuchen, weil er schon halb verrückt wird, nicht?, vor lauter Sehnsucht, sie wiederzusehen.
»Kommst du?«
Ja, das verspricht er ihr, darauf gibt er ihr sein Ehrenwort, als richtiger Mann.

»Warum schaust du so merkwürdig, hast du vergessen, wie deine Heimatstadt aussieht?«
Er wußte nicht mehr, daß Cocotá eine so kleine Stadt war, mit so einfachen Leuten. Alle kennen sich, jeder redet mit jedem. Eine Stadt, die in zwei Hälften geteilt ist, klar?, die eine rechte und eine linke Hälfte hat, und dazwischen fließt der Fluß, fast hundert Meter breit.
»Wovor hast du Angst? Warum siehst du die Leute heimlich von der Seite an?«
Ein Fluß mit vielen Fischen, vielen gefährlichen Tieren, mit Kaimanen. Und Tapire gibt es da, die sehen aus wie Schweine mit ganz langem Rüssel, die sehen dich immer mit riesigen Augen an, die haben unheimlich große Augen. Im August greifen die wegen nichts an, da haben sie Junge. Sie jagen richtig, Federvieh, das jagen sie für ihre Jungen. Hunde, die jagen sie auch, Katzen. Alles jagen sie, sogar Menschen, wenn man nicht aufpaßt.
»Wußtest du noch, daß die linke Hälfte der Teil ist, wo die besseren Häuser stehen?«
Doch, das wußte er noch, die linke Hälfte ist sehr schön, eine hübsche Kirche, da gibt's 'ne Menge Sachen, Promenade am Fluß, flotte Kneipen, ein superfeines Restaurant, ein Hotel, das ist auch todschick. Es gibt nur ein Hotel, aber das ist unheimlich elegant und sauber von außen, von innen kennt er das nicht, und dann gibt es auch die rechte Hälfte, da wohnen mehr Leute, da sind die Hügel, wo die ärmeren Leute wohnen, auf dem »Carvão«-Hügel und auf dem »Santa Fátima«-Hügel. Diese Hügel haben alle solche Namen. Die Straßen sind nicht asphaltiert, das sind Straßen mit Kopfsteinpflaster. Die Hauptstraßen haben Kopfsteinpflaster, so ist das. Aber es gibt auch noch ein paar Straßen, die haben kein Pflaster, die sind richtig aus Erde, da staubt das unheimlich. Sechs Kilometer von da liegt der Hof. Das

ist eine halbe Stunde zu Fuß, bestimmt eine halbe Stunde. Es geht über zwei Flüsse, kleinere Flüsse. Da ist eine Brücke, eine Brücke und eine Überführung, das gibt es alles. Eine neue Überführung, erst vor kurzem gebaut, ganz toll, die hatte er noch nicht gesehen. Der Bus kam morgens um fünf an, und er ging zu Fuß zum Hof, er wollte duschen, klar?, und sich auch mal rasieren, verdammt. Weil er am Nachmittag mal einen Abstecher in die Stadt machen wollte, so richtig stark auftreten. Vom Hof losgehen, durch ein Maisfeld, die Zuckerrohrfelder, an den Wasserfällen vorbei, über den Fluß, den zweiten, das ist der, der so schöne Steine hat, und an dem ganzen Wald vorbei.

»Du hast gesagt, ich soll die Haare wachsen lassen, jetzt sind sie schon lang und glänzen schön, ich warte schon ziemlich lange auf dich.«

Er ging vom Hof los, als die Sonne nicht mehr so heiß war, damit er nicht ganz verschwitzt ankam, und wenn er Glück hatte und unterwegs nicht plötzlich ein Windstoß kam, nicht?, dann würde er mit so sauberen Haaren ankommen, wie die Leute aus der Stadt sie haben. Und um sechs geht es los, da spielen sie im Park die Platten, die die Leute sich wünschen, jeden Donnerstag. Und wenn sie mit den Nerven wieder gesund ist, werden sie über viele Sachen reden, daß sie mit ihm nach Mato Grosso gehen soll, mit ihm durchbrennen.

»Einmal hast du etwas zu mir gesagt, was ich sehr schön fand. Wenn du mir das noch einmal sagen könntest, würde ich mich sehr darüber freuen.«

Er kannte sie noch nicht, da sagte er jeden Tag, wenn sie vorbeikam, irgendwas anderes, »Verdammt, diese Rose mit meinem Stempel, das wär's!« Jeden Tag dachte er sich was Neues aus, »Verdammt, du wirst noch mal mein Liebchen!«, oder so was.

»Nein, nein, das war's nicht. Es war was andres, du hast es hier in der Nähe zu mir gesagt, wo dein Vater Mais gepflanzt hatte.«

Was kann das nur gewesen sein? Er hat ihr versprochen, sie bald zu heiraten, aber das konnte er nicht.

»Daß du das nicht konntest, weiß ich. Aber es war was andres, was du zu mir gesagt hast.«

An einem Sonntag, spätnachmittags, er hatte Fußball gespielt und schon geduscht und stand am Abend auf dem Platz und redete mit den Freunden, wie war das Spiel? wer hat mehr geschossen und wer hat schlecht gespielt? Da kam sie, er hatte sie gerade etwas vergessen, sie drehte eine Runde um den Platz, er sagte sich, »Ich werd nicht viel drängen, einem Huhn im eigenen Hof läuft man nicht hinterher.« Da warf sie ihm einen Blick zu, und er konnte es nicht mehr aushalten, er entschuldigte sich bei seinen Freunden, sagte, »Entschuldigt mal«, dann stellte er sich ihr direkt in den Weg, sie standen sich genau gegenüber, Auge in Auge. Als er bei ihr war, hielt er sie sofort fest, nahm sie gleich an der Hand, mit der linken Hand war das, »Mein Garten braucht deine Blumen.« Da war sie enttäuscht, bekam eine furchtbare Angst, »Mensch, wovor hast du denn Angst? Kannst ganz beruhigt sein.« Nach ein paar Tagen kam sie vorbei, und da sagte sie von allein, »Mein Garten braucht auch deine Blumen.« Weil sie noch keine Erfahrung hatte, wie man sich was ausdenkt, um einem andern zu gefallen, und er, »Wo setzt du die Blumen dann hin?« Sie sagte, »Zu Hause, an meine Tür.« Und er, »He, bei mir ist das anders, ich setz die nicht an die Haustür, sondern an die Tür zu meinem Herzen.« Solche Sprüche, nicht?, die fallen einem dann grad ein.

»Nein, was du zu mir gesagt hast, war was anderes; du hast es bestimmt vergessen.«

Er weiß es nicht mehr. Aber das gibt er nicht zu, denn wenn sie das merkt ... dann, ja dann bekommt sie alles raus.

»Was bekomme ich dann raus?«

Daß er weniger ist als sie. Das ist eine Sache, die sie nie merken darf.

»Wie meinst du das, daß du weniger bist als ich?«

Weil sein Kopf noch nicht mal dazu taugt, sich an das zu erinnern, was er zu ihr gesagt hat und was ihr gefallen hat. Weil er nicht studiert hat und sein Gehirn nicht entwickelt ist. Aber an Sachen, die sie zu ihm gesagt hat, an die kann er sich noch erinnern.

»Aber jetzt bist du zum Urlaub nach Cocotá gekommen, und da kommt dir alles wieder in Erinnerung. Im Park hat schon die Musik angefangen, sie legen die Platten auf, die man sich wünscht.«

Er kam in die Nähe vom Park, auf einem Platz hörte man Musik, er ging in eine Kneipe und bestellte ein Glas vom stärksten Zeug, das sie hatten, damit ihm die Hände nicht mehr so zitterten. Wenn jemand die Platte von den »Blättern« wünschte, dann wußte er, daß sie da war, im Park. Ein Mann kündigte die Platte im Lautsprecher an und sagte dann, wer sie sich gewünscht hatte, aber nur den Anfangsbuchstaben vom Namen und daß sie für den und den bestimmt wär, aber dazu sagte er nicht mal die Anfangsbuchstaben, dann hieß es, »für den jungen Mann im gelben Hemd«. Aber er trug ein schwarzes Hemd. Egal, der Schluck hatte ihm die Eier gewärmt, und er ging vor die Kneipentür, um die Musik besser zu hören, es war nichts zu hören, es wurde gerade eine neue Platte aufgelegt, »die Blätter fallen . . . der Winter ist schon da . . . aber wo, wo mag mein Liebster sein . . . er ist fortgegangen ohne einen Kuß, ohne einen Abschiedsgruß . . .« Da fingen ihm die Zähne an zu klappern, was, verdammte Scheiße, hatte er bloß zu ihr gesagt? Es mußte ihm wieder einfallen! Irgendwo anders, nicht auf dem abgeernteten Maisfeld, hatte er ihr versprochen, daß er auf jeden Fall zu ihrem Abschlußexamen gehen würde, ihr ein Geschenk bringen wollte, aber was richtig Nützliches muß es sein, klar?, und sein Name sollte eingraviert sein! Er wollte dann zu ihr sagen, »Vielen Dank, daß du jetzt Lehrerin bist.« Er hatte ihr auch noch andre Sachen versprochen, wenn er sich als Elektriker weitergebildet hätte und danach dann auf dem Bau, würde er ein guter

Techniker und selbst ein Haus für sie bauen, mit Garten, Blumen und so, und am liebsten ein weißes Haus, mit rauhem Putz, mit dieser Spezialmasse, nicht so glatt. Das gab einen Riesenkrach, sie mochte glatt lieber. Und da erklärte er ihr, wie man den Putz macht, damit alles so wird, daß auf einer Stelle mehr Steinchen sind als auf der andren, und sie, »Ach, das ist aber nicht schön, das staubt ein«, und er, »Nein, ich mag das lieber, mir gefällt das, das macht etwas mehr Arbeit beim Abstauben und so, aber wenn die Frau fleißig ist, das hat der Mann meist gern, die liebt er«, und sie, »Mensch, das ist hübsch« und so weiter, sie ist nämlich sehr sexy, verstanden?, sie findet Sex sehr schön, es gibt nämlich zweierlei Frauen: Die einen sind nur für das Haus, für die Arbeit geboren, nicht zum Bumsen, und die andern, die sind zum Arbeiten und zum Bumsen geboren, und sie ist so eine, die für die Arbeit und fürs Bumsen geboren ist. Da machte er dann seine erste Arbeit in der Stadt, die wurde sehr gut, alle fanden sie schön, stimmt's?, denn da ist das so, in der Schule lernst du und arbeitest, du lernst, wie das ist, wie man den Putz berechnet, wie viele Eisen man braucht, das alles, verstanden?, und wie man das richtig berechnet, wie viele Ziegel man für ein Haus braucht, wieviel Kilo von dem und dem Zeug, und jetzt fällt ihm was ein, was er zu ihr gesagt hat, eine Sache, die hatte er vergessen, er hat immer zu ihr gesagt, »Die ersten Nächte schläfst du schön weit weg von mir, nach der Hochzeit«, ist es womöglich das, was sie jetzt von ihm hören will? Und sie, »Nein, nein, ich will richtig bei dir schlafen«, und er, »Nein, in den ersten Nächten mußt du weit weg schlafen, mal sehen, ob du dann zu mir kommst, verstehst du?« Aber sie verstand das nicht, und er, »Die erste Nacht schläfst du in einem andren Zimmer.« Das war nur deshalb, weil er wissen wollte, ob sie zu ihm kam und so. Er wollte nachts in einem andern Zimmer schlafen, mal sehen, ob sie dann kam und ihm ein Liebeszeichen gab, nicht? Dann kam sie und so weiter, sie merkte, daß er schlief und so, streichelte ihn, das war es, was sie ihm immer versprechen mußte. Na ja, normalerweise wartet er, schläft nicht ein, Mitternacht, ein, zwei, drei Uhr früh, sie würde nicht mehr kommen, es wurde Tag, na schön, er ging zur Arbeit. Dann kam der nächste Tag, er ging zur Arbeit, kam abends zurück, noch immer schliefen sie so, sie weit weg von ihm, bis sie sich allein fühlte und zu ihm kam, verstanden? Das ging so nächtelang, und er wartete immer darauf, daß sie zu ihm kam, aber daß er zu ihr ging, nein. Bis sie sich eines Tages allein fühlte und zu ihm kommen mußte, oder?, so oder so. Bis dahin waren sie wie Freunde, er kam nach Haus, aß und so, duschen, sie ging in ihr Zimmer und er in seins, mal sehen, wer das so die ganze Zeit allein aushielt, er oder sie, aber im allgemeinen, weil er das ja immer versprochen hatte, würde er nicht zu ihr gehen, sondern sie mußte zu ihm kommen. Er wollte nur mal sehen, ob sie den Mut hatte, zu ihm zu kommen, und sich so hinreißen ließ und dabei dachte, wie wird das wohl. Normalerweise wollte er ihr dann jeden Tag was schenken, damit sie von dem Geschenk immer bei Laune blieb und immer näher zu ihm kam, wegen des kleinen Geschenks, eine Spielerei, irgend so was, sagen wir mal, heute ein Fläschchen Parfüm, morgen einen Schnuller für das Baby, das Baby, das sie später bekommen würde, lauter solche Sachen, verstanden? Am nächsten Tag wollte er ihr dann ein Stück Seife mitbringen und so, ein Stück Seife, »Hier, das ist ein Stück Seife für dein Kind, bewahr sie als Geschenk auf, für dein zukünftiges Kind«, später, also gut ein paar Tage danach, wollte er ihr ein Nachthemd mitbringen, irgend so was. Er kam nach Haus, zog es ihr an, sagte, sie sollte nur Höschen und Shorts anbehalten, und zog ihr das Nachthemd an, aber kein Gefummel, sie mußte sich auf Abstand halten, denn das war ein Liebeskrieg, ein Krieg, damit die Liebe größer wurde, damit sie sich gegenseitig suchten. Er versprach noch mehr, er sagte, »Ich bin jung und kräftig, deshalb geht es fünf- oder sechsmal in einer Nacht, verstehst du?, das gibt fünf oder sechs Nummern in einer Nacht«, damals konnte er so rechnen, klar? Und man konnte an der Kneipentür die Musik hören, die aus dem Park kam. Er machte sich auf den Weg dahin, ganz langsam, einer mit dem Anfangsbuchstaben sowieso widmete die Musik der und der mit dem und dem Kleid, und kaum war die Musik zu Ende, hörte er schon die nächste, er traf einen Kollegen von früher aus der Mannschaft, aber er sagte zu ihm, er hätte es eilig, weil er viel zu tun hätte. Und die Musik hörte auf, und als er dann um die Ecke kam und den Park sah, da waren genau wie früher die Rutschen und die Schaukeln und die Kletterbäume für die Kleinen da, und da hörte er wieder dasselbe, dieselbe Platte wie vorher, »die Blätter fallen ... der Winter ist schon da ... aber wo, wo mag mein Liebster sein ... er ist fortgegangen ohne einen Kuß, ohne einen Abschiedsgruß ...« Das war sie, er war sich ganz sicher, daß sie diese Platte bestellt hatte, und er wollte eine andre bestellen und ihr damit antworten, eine mit andrem Text, »du hast nie mehr von mir gehört ... aber ich seh dich immer noch ... Wie oft wollte ich zurückkommen ... und dir sagen, daß meine Liebe noch genauso groß ist ... aber mein Schweigen war stärker ... und jeden Tag in der Ferne sterbe ich, doch du weißt nichts davon ...« Er ging nicht näher an die Stelle ran, wo sie die Platten spielten, weil da Leute waren, die ihn kannten, und er wollte nicht anfangen, allen guten Tag zu sagen, er wollte nur wissen, ob sie da war. Jemand wünschte sich eine Platte, er schaute von der Ecke aus und sah sie nicht, was war das, was er zu ihr gesagt hatte und was er jetzt nicht mehr wußte? Eines Tages wünschte sie sich eine Platte für ihn, »Für den jungen Mann mit langen braunen Haaren, braunen Augen, weißer Haut, Rund-um-die-Welt-Hemd und schwarzer Hose, schwarzen Schuhen und Armbanduhr von einer jungen Dame mit dem Anfangsbuchstaben M.« Aber in Bauru, da hatte er was im Fernsehen gesehen, das hatte ihm gefallen, und wenn er sie wiedersah, wollte er das auch mit ihr machen, er wollte zu ihr sagen, sie sollte wie die ideale Ehefrau sein, wie sie das im Fernsehen gesagt hatten, die Sache war so: »Ich finde, die Frau muß so sein, sie muß den Mann wie einen guten Freund betrachten, wie einen sehr guten Freund, verstanden?, niemals daran denken, daß er ihr Ehemann ist, klar? Wie zwei Freunde miteinander leben, zu Hause, und dasselbe zwischen Vater und Sohn, gute Freunde, ganz offen, ganz frei, die Kinder sollen alles verstehen, was der Vater zu ihnen sagt, ›Paß auf, die Sache ist so und so‹, erklären, wie die Welt jetzt aussieht, gerade zu der Zeit.« Zu seiner Zeit hat es das noch nicht gegeben, aber man muß mit offenen Karten spielen, egal, ob mit Frau oder Kind, ganz egal. Der Vater mit den Kindern und der Frau, ganz gleich, verstanden? Mit offenen Karten spielen, das, findet er, ist viel deutlicher, mit nichts hinterm Berg halten, weil, verdammt, wenn du im Leben nichts lernst, dann lernst du von den Leuten auf der Straße noch weniger. Zwei Häuserblocks weiter konnte man noch den Lautsprecher hören, der junge Mann mit dem Anfangsbuchstaben W möchte die folgende Platte für eine junge Dame im grünen Kleid mit blauem Muster spielen, » ... du hast nie mehr von mir gehört ... aber ich sehe dich immer noch ... all diese Sehnsucht, die mir geblieben ist ... es ist schon so lange her ... doch ich habe dich nie vergessen ... Wie oft wollte ich zurückkommen ... und dir sagen, daß meine Liebe noch genauso groß ist ...«

»Ich wollte dir etwas sehr Wichtiges sagen, aber ich habe es vergessen, ich weiß nicht mehr, was es war.«

Auf dem Hof sucht der Vater den Himmel nach Wolken ab, wenn es nicht regnet, wird er sehr nervös, er sieht die Weiden, das Gras verdorren, nicht?, die Blumen und seine Felder vertrocknen. Er kriegt es mit der Angst, verstanden?, er jammert fürchterlich, »Verdammt! Dies Jahr gibt's keinen Regen!«, von da an verliert er jede Hoffnung. Wenn dann der Regen kommt, sieht sein Sohn in Rio nichts, er guckt nach oben, da sieht man nur, wie das Wasser runterkommt und so, zwischen den Hochhäusern, das bringt alles durcheinander, der Verkehr bricht zusammen, aber die Leute auf dem Land freuen sich, wenn es regnet, verstanden? Wenn es das ganze Jahr lang regnen würde, würden sie sich freuen, da gäbe es zu essen, Äpfel, Weintrauben, Bananen, so was alles, Reis, schwarze Bohnen. Dann singt sein Vater, pfeift, ist wie ausgewechselt, ein anderer Mensch, klar?, die Hoffnung, dann kämpft er um die Hoffnung, nicht? Die Hoffnung, sie zu finden, wenn er Maria da Glória findet, will er ihr sagen, sie soll mit ihm weggehen, morgens mit dem ersten Bus, ohne daß jemand davon weiß, obwohl er nicht mehr weiß, was das war, was er zu ihr gesagt hat, manchmal hat er zu ihr gesagt, »Verdammt, hast du schöne Haare!« und hat ihre Haare angefaßt, die glänzten richtig, »Verdammt, was deine Haare glänzen! Darin könnte ich mich richtig spiegeln.« Da sagte sie immer, »Mensch, du gehst noch in meinen Kopf rein«, und er, »Kein Problem, ich geh überallhin, wohin du mich läßt.« Und eines Tages, als keiner sie sehen konnte, haben sie das gemacht, ihr Haar ging wohl vier- oder fünfmal um seinen Hals herum. Wenn ihm das einfiel, sich so festzubinden, dann blieb er an ihr festgebunden, und eines Abends wickelte er sich ganz und gar in ihrem Haar und seinem Haar ein, er hatte ja auch eine Mähne, so wie einer, der mit der Mode ging, sie banden sich gegenseitig mit ihrem Haar fest, es sah aus, als könnten sie sich nie wieder voneinander lösen, » ... wie oft wollte ich zurückkommen ... und dir sagen, daß meine Liebe noch genauso groß ist ... aber mein Schweigen war stärker ... und jeden Tag in der Ferne sterbe ich ... doch du weißt nichts davon ...«, und er ging in einen neuen Supermarkt, den er noch nicht kannte, groß war der nicht, aber neu, er ging rein und wollte Zigaretten kaufen, und dann hatte er das Gefühl, daß hinten jemand wär, da ging er wieder raus auf die Straße, ohne was zu kaufen, und danach kam sie eilig raus, Maria da Glória, was sie in der Hand hatte, sah wie ein Paket Zucker aus. Er sagte zu ihr, »Wie geht es dir? Ich freu mich, dich zu sehen!« Und das ging ihr so nah, daß sie nichts sagen konnte, sie blickte auf die Erde, und dann lief sie nach Hause. Er sagte nichts weiter zu ihr, war das vielleicht nicht richtig? Hätte er sie festhalten und noch was zu ihr sagen sollen? Warum, weiß er nicht, aber er ließ sie nach Hause gehen. Und dann hat er sie nicht wiedergesehen. Am nächsten Donnerstag ging er in den Park, und da war sie auch nicht, und an dem Tag, an dem er aus Mato Grosso gekommen war, ging er nach Haus, und seine Mutter fragte, ob er Maria da Glória gesehen hätte, und ihr hat er die Wahrheit gesagt, »Ich hab sie am Ausgang vom Supermarkt getroffen und sie gegrüßt, ›Hallo . . . wie geht's dir?‹, das war das einzige, was ich gesagt hab, das ging ihr so nah, daß sie wie gelähmt stehenblieb, sie wollte, daß ich weiterredete, aber da hab ich einen Punkt gemacht, Schluß, aus, ich hab nicht nachgehakt, hab einfach aufgehört, und da wußte sie nicht mehr, was sie machen sollte, und dann bin ich weggegangen.« Und morgens auf dem Feld hatte er seinen Vater gesehen, und sie hatten sich ordentlich umarmt, aber jetzt am Nachmittag war der Alte fein säuberlich angezogen und geduscht, er kam sich nicht mit ihm und der Mutter unterhalten, er sah ihnen von weitem zu, aber seinem Sohn lächelte er zu. Und dann merkte der Sohn, daß der Vater weinte, aber er wußte nicht, was er machen sollte, verstanden?, was hätte er zu ihm sagen sollen? Und der Vater ging raus und schnitt so eine Rose ab, wie sie sie verkaufen, und ging zu seinem Sohn und gab sie ihm. Und im allgemeinen, wenn sie abends allein waren, sah der Vater ihn nur an und weinte, er war sehr verändert, er trank nicht mehr, weil der Arzt das verboten hatte. Und der Vater sagte gar nichts, ob er sich vielleicht daran erinnerte, wie er das Gewehr oder – noch schlimmer – die Axt gepackt hatte und da in der Küche jemand umbringen wollte? An dem Tag, als der Sohn nach Mato Grosso zurückfuhr, ging der Vater raus und schnitt noch mehr Rosen ab, er behandelte ihn anders, betrachtete ihn als seinen Sohn und sagte nichts, sah ihn nur

an, weil sein Sohn ja jetzt ein fleißiger, ordentlicher Mann war.
»Das weiß ich alles genau. Deshalb warte ich ja noch immer auf dich.«

Elftes Kapitel

»Kind, wie lange bist du nicht mehr in Cocotá gewesen?«
Seit fünf Jahren ist er nicht mehr in Cocotá gewesen. Heute hat er seiner Mutter ein ordentliches Steak mitgebracht, wie er es gern hat, um den ganzen Kummer zu vergessen, und für sie Hackfleisch, vom besten, ohne Fett. Er hat das Geld für so ein verfluchtes Fenster da kassiert, das die ihm schon seit einer Ewigkeit schuldeten. Aber für die neue Behandlung reicht das nicht, nicht mal hundert Fenster zusammen würden reichen, das weiß er genau.
»Gefragt hat mich keiner was, ob du ordentlich arbeitest, das sind alles solche Neidhammel, die Leute in der Stadt. Die denken bestimmt, du spielst Fußball, verdienst 'ne Menge, und das macht sie böse.«
Er kommt nach Haus, und wenn seine Mutter dann anfängt, mit ihm zu reden, geht er weg, raus in den Garten, in die Kneipe. Heute ist er sehr müde, hat keine Lust zum Duschen, er wollte sich das Geld da in Copacabana abholen und ist morgens um sechs aus dem Haus und erst abends um zehn wieder zu Haus gewesen, er kommt nicht aus dem Bett hoch, er ist kaputt, total erschlagen, der Schlachter da in Copacabana wollte grade zumachen und er konnte nur noch schnell rein und das Fleisch kaufen, weil der schon abends um acht zumachte. Und im Bus konnte er nicht schlafen.
»Hab nicht gemerkt, daß der Reis alle war, aber gleich ist er fertig, schlaf jetzt nicht, wer soll dich dann wecken, 'n Mann muß was essen. Ich erzähl dir solange was, hab dir ja noch gar nicht alles erzählt, was da so passiert ist. Tust immer so, als ob du schläfst, oder sonst gehst du in die Kneipe, willst du denn gar nicht mehr mit deiner armen Alten reden? Ich erzähl dir keine traurigen Geschichten, weiß ja, daß du das nicht magst, wenn ich jammre. Dein armer alter Vater hat nichts gefragt, nicht mal, wie's dir geht, aber wenn ich deinen Schwestern was erzählt hab, hat er zugehört. Söhne

hängen immer am Vater, auch wenn sie nicht reden, oder? Das sind die Blutsbande. Besser, du siehst ihn gar nicht, dem geht's nicht gut, der ist so alt, das ist nicht zu glauben. Die sagen, alles hat seinen Preis. Und dann hab ich dir auch noch gar nicht alles von dem Mädchen erzählt, das so krank war, aber manche Leute sind so gut, die dürften gar nicht sterben, der geht's nämlich ziemlich schlecht, die macht's nicht mehr lange, die Großmutter von Olga, ich hab sie besucht, die kennt fast keinen mehr, die Teresa kümmert sich immer um sie, das Kind ist haargenau wie der Schwarze, 'n Abklatsch von Zilmar, hat der den Kleinen nie gesehn?«

Er antwortet nicht, er tut so, als ob er schläft.

»Teresa, mit der hab'n wir viel geredet, die hat jetzt noch'n Kind, von irgendeinem aus der Stadt, die Kleine ist ganz weiß geworden, und das Kind vom Schwarzen ist richtig pechschwarz. Und die arme Teresa hat geheult und geheult, was die mit dem Haus machen, wenn die Alte stirbt, weiß sie nicht, dann muß sie zu den Eltern von Olga ziehen. Den andern will sie auch nicht heiraten, aber das ist schon 'n richtiger Mann, der Schwarze war fünfzehn, als er ihr das Kind gemacht hat, und wer hat ihn durchgefüttert? Wie sollte er da an ein Kind denken! Na ja, schon gut, die Açucena, die hab ich nie gemocht, trotzdem hab ich mich bei Teresa nach ihr erkundigt, aber keiner weiß was über sie, ihr Vater hat das Zeitliche gesegnet, und Açucena ist zu ihrer Mutter zurück und dann sind sie in eine andre Stadt gezogen, für immer, aber keiner weiß was Genaues, und sie ist auch nicht aus Schande weg, weil sie 'n Kind kriegte, nein, die kriegte gar keins. Teresa sagte immer, die beiden besten Menschen, die sie jemals gekannt hat, waren die Alte und Açucena, und die eine ist aus der Stadt weg, und die Alte will ins Jenseits, und sie wär nur am Leben, weil sie die beiden Kinder großziehen müßte. Alle haben Açucena in guter Erinnerung, alle sagen, sie wär gut gewesen, vielleicht war sie das ja wirklich und ich hab mich geirrt, für mich war sie eine Dahergelaufne, so wie die immer den ganzen Tag hinter dir her war. Nicht, weil ihre Mutter als Dienstmädchen gearbeitet hat, ihre Mutter, das war 'ne sehr anständige Frau. 'ne Frau darf sich nicht so anbieten, das gibt immer ein böses Ende. Und ich hab zu Teresa gesagt, sie soll vorsichtig sein, immer schön aufpassen, weil dieser Kerl aus der Stadt immer mal wieder zu ihr kommt, der kann ihr noch 'n Kind machen, ich hab ihr gesagt, sie soll diese Medikamente nehmen, aufpassen. Und Teresa, die ist nicht mehr wie früher, die sieht schon wie 'ne alte, abgerackerte Frau aus, und dabei ist sie erst achtundzwanzig. Und die andre hab ich von weitem in der Stadt gesehn, aber an einem Tag, als ich bei Olga zu Haus war, da hab ich sie mehr aus der Nähe gesehn, und sie hat mich gegrüßt. Ich hatte ganz schön Angst, daß sie mit mir reden wollte und dann 'nen Nervenanfall kriegt, aber sie hat nur gegrüßt und ist dann rein ins Haus, sie kam von der Schule, mit ihren Büchern und dem ganzen Zeug. Bei Olga, da hatten sie mir schon erzählt, daß es Maria da Glória gutgeht, daß sie wieder ziemlich gesund ist, weil sie wieder in die Schule geht, schon seit letztem Jahr. Wo sie nicht hingeht, das ist zum Tanzen, jedenfalls ist sie nicht hingegangen.«

Da hat er seine Mutter irgendwas gefragt, ob es in diesem Jahr mehr als im letzten Jahr geregnet hätte, nicht?, und ob sein Vater wohl die Dächer reparieren könnte, sobald er die Kürbisse geerntet hätte.

»Der hat sich sehr verändert, dein Vater ist nicht mehr wie früher, der guckt nicht mehr den ganzen Tag, ob's Regen gibt, ob die Wolken aufziehen und der Mond 'nen Hof hat. Der arme Kerl arbeitet den ganzen Tag, langsam, aber er ist schon draußen, bevor es hell wird, Kühe hat er keine einzige mehr, warum der so früh aufsteht, weiß ich nicht. Ich bin immer mit ihm aufgestanden und war im Krankenhaus immer die erste. Und dann hab ich gewartet, bis der Doktor kam, obwohl das Sitzen manchmal noch schlimmer ist für Leute wie mich, die sich mit Rheuma plagen, das ist wirklich ein Kreuz, aber wenn unsereins da im Krankenhaus ist, da sieht man noch viel schlimmere Sachen, und dann findet man sich mit dem ab, was der Herrgott einem zugedacht hat, diese Frauen, wie die da so schwach hinkommen, damit sie behandelt werden, ganz gelb sind die, da sieht man gleich, daß die nicht mehr lange zu leben haben. Und eines Morgens, da hab ich sie da mit einem andren Mädchen aus der Schule getroffen, aber die war viel jünger als sie, weil sie diese Jahre alle verloren hat, und dann hat sie mir erzählt, daß sie jetzt sechsundzwanzig ist. Erst dachte ich, das wär weiß ich wer, das andre Mädchen und die andern, die dann noch kamen. Ich dachte, die Mädchen wären mit ihr gekommen, um sich an den Nerven behandeln zu lassen. Vielleicht hätte ihre Mutter sie besorgt, damit sie mit ihr zusammen dahin gehn. Aber dann hat sie mir erzählt, das wären ihre Klassenkameradinnen, und sie wären von der Schule dahin zum Impfen geschickt worden. Ich hab sie angeguckt und ihr guten Tag gesagt, weil sie mich schon sehr höflich gegrüßt hatte, als ich sie vom Fenster bei Olga gesehen hab. Und dann hatte ich das Gefühl, daß sie sich gefreut hat, weil ich gegrüßt hab, und da ist sie zu mir gekommen und hat sich mit mir unterhalten, ich war da sitzen geblieben, wo man auf den Arzt wartet. Und dann hat sie mir einen Kuß gegeben und sie hätte mich schon seit Jahren nicht gesehen. Da hab ich ihr erzählt, daß ich schon vor ein paar Jahren hierher nach Santíssimo gezogen bin und daß dein Vater den Hof aufgeben wollte, weil es nie geregnet hat und alles so schlecht gegangen ist, daß ihm die Arbeit als Stauer im Hafen aber nicht gefallen hat, die hat ihm überhaupt nicht gefallen, und daß er zurück wollte, aber ich wär hiergeblieben und versorgte meinen Sohn, der noch immer Junggeselle wär, und da hat sie mich ganz fest angesehen, aber dann hat sie den Blick gesenkt. Ich glaub, sie wollte sich Mut machen, was zu sagen, aber dann kam doch nichts. Weiß der Himmel, was das war. Und ich hab ihr erzählt, du wärst von der CESP weg und hier nach Santíssimo gekommen, weil du vielleicht besser vorankämst, wenn du was andres machst, nicht als Maurer, schwierigere Sachen, was ein Maurer allein nicht machen kann, weil du die Schule in Cocotá nicht vergessen hättest und ganz besondre Maurerarbeiten machen könntest, noch mehr als das, solche Sachen, die die Meister machen, und wenn du dir einen Gehilfen suchst, dann könntest du richtig gute Arbeit machen, aber daß das ein hartes Brot ist, weil das fast zwei Stunden Fahrt bis zu den Vierteln ist, wo es immer Arbeit gibt, in den besseren Stadtteilen von Rio. Und dann hat sie mich gefragt, was ich hätte, daß ich im Krankenhaus wär, wo ich doch ganz gesund aussehen würde, immer noch bißchen rundlich, das wär doch ein Zeichen für gute Gesundheit und so weiter. Und da hab ich ihr gesagt, ich wär da, damit sie mein Rheuma vielleicht anders behandeln könnten, bißchen billiger, und daß sie mir gesagt haben, ich soll nicht viel arbeiten und mich ausruhen, da hat sie dann gefragt, ob ich für immer nach Cocotá zurückkomm, wo meine älteste Tochter für mich sorgen kann, obwohl sie ja selbst 'nen Haufen Kinder hat, aber ich hab nix davon gesagt, daß wir dies Haus verkaufen müssen, wenn's nicht anders geht. Davon sag ich keinem was, das zerreißt mir ja schon selbst das Herz, wenn ich nur dran denke. Dann hat sie zu mir gesagt, wenn ich wieder nach Cocotá zurückkomm, soll ich sie mal besuchen, auch wenn ich nicht mehr bei Olga im Haus arbeite, könnte ich ruhig mal zu ihr kommen. Und da hab ich gesagt, das würd ich nicht machen, weil ihre Mutter das nicht gern hätte, weil ich nie außer Haus gearbeitet hab, bis es nicht mehr anders ging, und dann die ganzen Jahre bei Olga als Hausmädchen gewesen bin. Und daß ich weiß, wo ich hingehör, und nicht gern wohin geh, wo ich mich nicht auskenn, wo ich eine wär, die früher mal im Haus gegenüber als Hausmädchen gearbeitet hat. Und sie hat zu mir gesagt, sie wüßte, daß wir in der Familie nicht als Hausmädchen gearbeitet haben, aber das wär nun mal so im Leben, wenn man arbeiten muß, hilft's nicht, und sie wüßte auch sehr gut, daß das Leben

einem beibringt, nicht so stolz zu sein, und lauter solche Sachen. Da hab ich dann Mut gekriegt und sie gefragt, was sie da im Krankenhaus macht. Und sie hat gesagt, das wär zum Impfen und so. Und daß sie noch dieses Jahr als Lehrerin fertig wird und sich ziemlich schämt, daß die andern so viel jünger sind, gut zehn Jahre jünger, weil sie die ganzen Jahre nicht lernen konnte, aber nun wär's auch gut. Und ich hab sie gefragt, warum sie nicht mehr ausgeht, so ein hübsches Mädchen wie sie, weil mir einfiel, was die Mutter von Olga gesagt hat, daß sie nicht tanzen geht und auch nicht mal donnerstags in den Park. Und Maria da Glória hat nur bißchen gelächelt und nichts geantwortet, hat nur irgendwas gesagt, damit ich was zum Nachdenken hatte. Und da hätt ich ihr am liebsten gesagt, daß ich das nicht gut find, was da passiert ist, daß die in der Stadt alle 'ne Wut auf dich hatten, weil sie dir vorwerfen, daß du an allem schuld bist, daß sie es an den Nerven gekriegt hat, obwohl viele Leute sagten, schuld wären ihre Eltern, weil sie nicht wollten, daß du heimlich mit ihr gehst. Und dann hätt ich ihr am liebsten gesagt, das wär der Grund gewesen, warum ich euch zwei an dem Abend nicht erlaubt hab, auf dem Hof in den Schuppen zu gehen, weil ich wußte, daß ihre Eltern dich nicht mochten, weil du noch so jung warst und es noch zu nichts gebracht hattest.«
Er fragte seine Mutter, ob sie nicht vielleicht seine Zigaretten versteckt hätte, weil er sie nicht finden könnte, obwohl er nicht wußte, ob er sie nicht auf der Arbeit vergessen hatte, nicht?, aber seine Erkältung wäre schon vorbei, und wenn sie sie versteckt hätte, sollte sie sie jetzt zurückgeben, es würde ihm nichts machen, wenn er eine oder zwei Zigaretten rauchte, klar?
»Ich hab überhaupt nichts von dir versteckt, so was sagst du immer zu mir, ich hab sie vor dir versteckt, als du Fieber gehabt hast, das letzte Mal, aber jetzt hab ich nichts versteckt. Dein Vater raucht auch noch immer seine Pfeife, ich hab ihm schon so oft gesagt, daß Rauchen schlecht für

die Gesundheit ist. Weißt du was? Ich soll dich schön grüßen. Dein Vater hat mir das erzählt, daß Matias wieder in der Stadt ist, und der hat sich wirklich bei deinem Vater nach dir erkundigt, ›Und wie geht's Josemar? Was macht der Josemar jetzt?, weil der Matias Agronom ist, dasselbe wie der Bruder von Maria da Glória, und die sind da auf dem Hof gewesen, weil der Landbesitzer sie gebeten hat, daß sie sich mal ein paar Wassergräben ansehn, die immer austrocknen und so. Ich hab mich nicht getraut, die Maria da Glória im Krankenhaus was zu fragen, weil Olga und ihre Mutter gesagt haben, einige Leute wüßten es schon, aber sie wollen nicht, daß es schon ganz bekannt wird, und Matias ist im Urlaub da gewesen, weil er in Minas Gerais wohnt, wo er arbeitet, auf so riesigen Maisfeldern, die es da gibt. Matias kann nur im Urlaub nach Cocotá kommen, weil er nicht von der Arbeit weg kann. Und lauter solche Sachen.«

Er fragte seine Mutter, wer ihn grüßen ließ.

»Matias läßt dich herzlich grüßen, das hat er zu deinem Vater gesagt, ›Und wie geht's Josemar? Wie steht es mit Josemar?‹, weil er dich in guter Erinnerung hat, daß du ein guter Junge warst, und dann noch dies und das, und daß keiner besser Fußball spielen konnte als du. Und lauter solche Sachen, die man so richtig von Herzen sagt.«

Er fragte seine Mutter irgendwas, er war sehr müde, lag auf dem Bett, starrte auf die Wand, weil die Augen ihm weh taten, er hatte ja den ganzen Tag Kacheln gesetzt, ganz genau, er starrte nur auf die Wand, seine Mutter hatte die Lampe neben dem Herd angemacht, weil sie die Pfanne wärmen wollte, bevor sie das Steak reintat. Er drehte ihr den Rücken zu, fragte sie aber irgendwas, ob Matias geheiratet hatte oder bald heiraten wollte.

»Eine andre Freundin, die hat Matias nicht. Sieht so aus, als ob er keine andre hat. Die Mutter von Olga sagt, der wär ein stattlicher Mann, trägt 'nen Schnurrbart und ist nicht mehr so dick wie früher. Und sie sagt, das hier würde die Mutter von Maria da Glória keinem andern erzählen, aber wie das so ist, zu der Mutter von Olga hat sie großes Vertrauen und hat zu ihr gesagt, als der Matias angekommen ist, hatte er die Maria da Glória seit Jahren nicht gesehen, er hat nämlich bei ihnen gewohnt, er war ja der Sohn von einem Verwandten, der war schon Witwer, und deshalb war Matias da in Cocotá, aber als er dann studieren gegangen ist, da ist er in den Ferien nicht mehr gekommen, und als er jetzt gemerkt hat, daß es Maria da Glória viel besser geht, hat er sich viel mit ihr unterhalten und war viel mit ihr zusammen, weil sie allein nirgends hin wollte, ist mit ihr spazierengegangen, nicht?, und mit ihm zusammen ist sie an einem Tag da aufs Land gefahren, ihre Familie, die hat volles Vertrauen zu ihm, als wär er ein Bruder, und ihre Eltern waren auch froh, daß sie wieder neue Vögel für ihren Käfig haben wollte, früher hatte sie doch so viele, und als sie dann krank wurde, da wollte sie die nicht mehr haben. Und manche Leute sagen, sie hätte ihnen den Käfig aufgemacht, Olga hat zu mir gesagt, das stimmt nicht, sie hätte ihr ein paar geschenkt, weil sie Maria da Glória an Schlimmes erinnerten oder weil sie sie traurig machten, an Schlimmes erinnern, nein, das wollte sie damit nicht sagen. Aber andre Leute, die haben was andres gesagt. Teresa war eine von denen, die hat mir gesagt, sie hätte, Ehrenwort, selbst gesehen, wie Maria da Glória die Vögel aus dem Käfig geholt und mit der Hand zusammengedrückt hat, bis sie geplatzt sind, bis sie ihnen die Knochen gebrochen hat. Der glaub ich nicht, die haßt sie, sie war doch die beste Freundin von Açucena, oder?, der kann man nicht glauben, die steht doch auf der andren Seite. Und Matias hat sie auch donnerstags in den Park mitgenommen, und da hatte sie schon bißchen mehr Farbe im Gesicht, war nicht mehr so blaß, sagt die Mutter von Olga, jahrelang ist sie leichenblaß gewesen, weil sie immer nachts solche Probleme hatte, nachts konnte sie nämlich nicht richtig zur Ruhe kommen. Und zum Tanzen war Glória nie mehr

gegangen, aber sie hat sich ein neues Kleid genäht und ist hingegangen.«
Er fragte seine Mutter was, er sagte, sie sollte das Steak nicht allein für ihn machen, wenn sie auch was für sich selbst machte, wär's gut, wenn nicht, sollte sie's lieber sein lassen, weil er keinen Hunger hätte und auf einen Sprung in die Kneipe gehen wollte. Und er wollte nur eins wissen, welche Farbe dieses neue Kleid hatte, das sie sich genäht hatte.
»Das hat sie mir nicht gesagt, oder ich hab's vergessen. Aber die haben sie zu Haus gedrängt, oder vielleicht hat Matias sie überredet. Und sie ist hingegangen. Und das Problem ist jetzt, daß sie in der Schule eine Arbeit für Maria da Glória hatten, sobald sie fertige Lehrerin ist, sollte sie die Kleinen unterrichten, scheint, daß sie viel Geduld hat, und sie hatte sich das gewünscht. Aber sie hatten diese Stelle für sie reserviert, und andre Mädchen da aus dem Ort haben sich beklagt, sie wären schon fertig und hätten ein gutes Examen gemacht, und das schon vor einem Jahr, sogar schon vor zwei Jahren, und warteten noch immer auf Arbeit. Und das hat mir Teresa erzählt, daß ein Mädchen da vom Land, ganz kleine Leute, schon fertig war, ob seit einem oder zwei Jahren, weiß ich nicht, und schließlich haben sie ihr eine Arbeit angeboten, aber weit weg, gut drei Stunden weit weg, und dann noch irgendwo auf dem Land, aber das machte ihr nichts, sie war ja auf dem Land geboren und aufgewachsen, aber über zweihundert Kilometer weit weg sollte sie dann da allein in der Schule wohnen, nur noch mit einer andern zusammen. Na, und was dann passierte, dann hat sie gehört, daß es da direkt in Cocotá eine Stelle für eine Lehrerin gab und daß sie die reserviert hatten, sobald die alte Lehrerin in den Ruhestand ging, daß sie die für Glória reserviert hatten, die sich so geplackt hatte und so viel mitgemacht hatte und schon vor Jahren ihr Examen hätte machen müssen. Und dann kam das so, daß dies Mädchen vom Land, ich weiß nicht, ob du dich noch an sie erinnerst, die war ein Baby, als du da warst, die Tochter von Pascoal Gonçalves, ja, und

dann erfuhr die, daß Glória vielleicht die Stelle als Lehrerin in Cocotá nicht annimmt, und bevor sie die Papiere fürs Ministerium unterschrieb, daß sie zu der Schule aufs Land geht, wollte sie wissen, ob Glória nun die Stelle annimmt oder nicht. Weil nämlich die, von der ich dir erzähl, drangewesen wär, wenn Glória nicht gewesen wär, die hatte den Vorteil, daß ihre Familie da aus der Stadt ist und so weiter, und was ich dir schon erzählt hab. Und dann war die Sache so, daß am Ende die, von der ich dir erzähle, Regina heißt sie, Regina Gonçalves, die Stelle in der Stadt gekriegt hat, weil Glória sie nicht annimmt, und das, sagen die Mutter von Olga und Olga auch, weil nämlich der Matias bei ihren Eltern um ihre Hand angehalten hat, aber das wollen sie keinem sagen, damit es nicht wieder so ein Getratsche gibt wie damals. Ich weiß nicht, ich mag solche Leute nicht, so hochnäsige, verstellte, aber nach allem, was da so passiert ist, hab ich meine Meinung bißchen geändert, und jetzt glaub ich genau wie Olga, daß Glória dich wirklich gern mochte, und schuld war nicht sie, schuld war ihre Familie. Olga nimmt dich immer in Schutz, sie ist nicht jeden Tag zu ihrer Mutter gegangen, die Mutter beklagt sich dauernd, wo sie doch so nah wohnt, und der Mann von Olga hat ein Auto, und da könnte sie doch wenigstens jeden Nachmittag einmal guten Tag sagen. Aber so ist Olga schon immer gewesen, die ist faul, und wegen der Zwillinge hat sie keine Lust, irgendwohin zu gehen. Das Haus soll ganz modernisiert sein, ich bin da nie mehr gewesen, ich weiß nicht, ob du noch weißt, wie das mit deinem Vater war, wenn wir mal zu dem Haus gingen. So ein schönes Haus. Und recht hat die Olga, daß sie da nicht mehr raus will, daß sie mit Mann und Kindern in ihrem Haus bleiben will, wo das so schön ist, aber daß sie nicht ihre Mutter besucht, das ist egoistisch. Die Mutter von Olga sagt, nachmittags wird sie immer so traurig, weil sie so allein ist, und dann hat sie noch die Last mit der kranken Schwiegermutter, die macht's auch nicht mehr lange. Ich hab zu ihr gesagt, sie soll sich

Teresa ins Haus holen, aber die Mutter von Olga sagt, sie mag den Kerl nicht, sie sagt, daß Teresa sich noch immer mit ihm trifft, und das, nachdem er ihr das Kind gemacht hat und ihr keinen Pfennig gibt, damit sie die Kleine großkriegt, und sie trifft sich noch immer mit ihm. Natürlich sagt Teresa keinem was, aber die Leute sehen, wie der Kerl da abends um das Haus von der Alten schleicht. Und Teresa hat mir selbst gesagt, daß sie sich mit ihm trifft, weil sie ihn wirklich mag. Bestimmt hat das mit Açucena genauso ein Ende genommen, aber keiner weiß, wo sie ist, und als sie aus der Stadt weg sind, hatte sie keinen dicken Bauch und nichts. Aber die Mutter von Olga ist schon immer so gewesen, ziemlich selbstsüchtig, und Olga ist genau wie sie. Die Schwiegermutter, ja, die ist 'ne Heilige, ich für mein Teil denk, daß die schon tot ist, weil letzte Woche, bevor ich hergekommen bin, der Priester schon bei ihr gewesen ist und so weiter, die Arme, so eine gute Frau, so gut, daß alle sie gern hatten. Und Olga ist mehr nach der Mutter und nicht nach der Familie vom Vater geschlagen, aber sie ist ein braves Mädchen, ich mochte sie immer, ich kenn sie ja von klein auf, und wer so viele Jahre bei denen im Haus gearbeitet hat, weiß alles über sie, da gibt's keine Geheimnisse mehr. Und eins, das mußte ich beim Allerheiligsten schwören, daß ich dir das nicht erzähl, aber ich find das besser, daß ich dir das erzähl, damit du siehst, daß es auch Leute gibt, die dich richtig gern haben. An einem Tag, da ist Olga zu ihrer Mutter gekommen und ich war dabei und machte was zu essen für sie, weil die Mutter von Olga gesagt hatte, ich sollte kommen, weil sie zur Schwiegermutter gehen wollte, an dem Tag, als der Priester da war, und im letzten Moment, da wollte Olga nicht mitgehn, sie blieb bei mir, weil sie mit den Kindern nicht mit wollte, die machten einen Heidenlärm, die machten wirklich furchtbaren Krach, in einem Haus, wo jemand im Sterben liegt. Ich glaub, das war, weil es ihr so furchtbar leid tat, daß ihre Großmutter sterben sollte, so eine liebe Frau wie die. Und da blieben wir beide allein, die Kinder spielten im Garten. Und da hat Olga gesagt, ich soll es dir nie erzählen, aber mir wollte sie das sagen, damit ich wüßte, was für einen guten Sohn ich hab. Und dann hat sie angefangen. Ich wußte das ja schon, wer wußte das denn nicht, daß sie dich von klein auf angehimmelt hat, aber bei Kindern . . ., aber sie war ziemlich keß und weit für ihr Alter und war schon viel früher reif als alle andern Mädchen. Und dann hat sie mir gesagt, daß sie dich immer gern gehabt hat, richtig wie eine Frau, sie hat sich Mut gefaßt und mir das gesagt, daß sie dich immer so hübsch fand, wie du damals warst und wie du heut noch bist, da hab ich zu ihr gesagt, daß du immer ordentlich bist, sauber und gepflegt, gut angezogen, aber wenn ein Mädchen zur Frau wird und plötzlich seine Tage kriegt, da verliert es den Kopf, und wenn es sich dann in 'nen Mann verliebt, dann kann es schon mal Dummheiten machen, wenn die Mutter nicht aufpaßt. Deshalb hab ich deinen Schwestern nie erlaubt, daß sie irgendwohin gehen, als die in dem Alter waren, aber wenn sie dann fünfzehn oder sechzehn sind, da sieht das schon anders aus. Und Olga hat gesagt, daß sie euch damals stundenlang heimlich beobachtet hat, als du mit Glória zusammen warst, weil der Vater von Glória immer spät nach Haus gekommen ist und die Mutter von Glória euch schön allein gelassen hat, solange ihr im Garten geblieben seid und euch keiner auf der Straße gesehen hat, weil sie das nämlich nicht wollte. Trotzdem wußten alle in der Stadt genau Bescheid, daß ihr zusammen was hattet, weil ihr immer ganz eng getanzt habt, obwohl die Mutter sie zum Tanz hingebracht hat und mit ihr nach Haus gegangen ist. Und Olga hat euch immer heimlich beobachtet und war furchtbar eifersüchtig, und dann sagt sie, einmal, als ihr mit ihren Geschwistern gespielt habt, haben sie Kissen auf dich geworfen, weil du viel stärker warst und auch schon älter, und als dann auf einmal alles durcheinander war, hat sie dir einen Kuß auf den Mund gegeben. Und weil die bei ihr zu Haus so ein Vertrauen zu dir hatten, hättest du das ausnutzen können, weil das ein großes Haus war, da gab's viele Ecken, wo man sich verstecken konnte, und sie hat immer versucht, dich hinter die Obstbäume zu locken. Wenn du aus der Schule gekommen bist, mit ihnen zusammen zum Mittagessen, sie gingen zwar in 'ne andre Schule, aber zur selben Zeit, und dann noch schlimmer, wenn's dunkel wurde und du zurückkamst und mit mir nach Haus gegangen bist, nachdem ich das Geschirr vom Abendessen abgewaschen hatte. Aber du hast dich nie um sie gekümmert, weil du das Haus respektiert hast, und ich denk mir so für mein Teil, weil du nur für die Kleine von gegenüber Augen gehabt hast, und die andre war auch frei, dies Luder, die Açucena. Die soll mir keiner in Schutz nehmen, Teresa hat mir nämlich erzählt, was ihr alles gemacht habt. Aber dann hat Olga mich doch verblüfft, was sie mir da erzählt hat, ich weiß nicht mal, wo sie den Mut her hat, daß sie mir das sagt, die Olga ist doch ein Mädchen mit viel Charakter. Die Sache war so: An einem Abend, dem letzten, weil du am nächsten Tag weggefahren bist und dich von keinem verabschiedet hast, an dem Abend hat sie wie immer heimlich zugesehen, wie du mit Glória pussiert hast, und dann hat sie gehört, wie sie geweint hat, und statt daß sie vom Fenster zugesehen hat, ist sie rausgegangen und über die Straße, weil sie hören wollte, was ihr da hinter der Hecke redet. Als Olga dann da hinkam, da bist du schon von Glória weggegangen, ihr hattet euch gestritten, und wenn du weggingst, ist Glória immer, immer auf den Balkon gegangen und hat hinter dir hergesehn, bis du um die Ecke warst oder bei Olga ins Haus rein, weil ich schon das Essen für euch fertig hatte. Aber an dem Abend, da ist Glória ins Haus rein, weil sie sich endgültig mit dir verkracht hatte, und da war Olga dann da, hatte sich hinter Büschen versteckt und rief dich. Und statt daß du durch die Tür ins Haus gegangen bist, hat sie dich in den Garten gelockt, wo der Zaun kaputt war, und hat gesagt, sie wollte mit dir reden. Und du warst so traurig und so nervös, hat Olga mir gesagt, daß dir die Hände gezittert haben und du kaum was sagen konntest. Und jetzt genier ich mich richtig, wenn ich weitererzählen soll, obwohl, eigentlich dürfte es keinen Grund geben, daß eine Mutter sich vor ihrem Sohn geniert, das ist doch das eigne Fleisch und Blut, aber na ja, dann, und das müßtest du eigentlich am besten wissen, dann wollte sie dich trösten, und da hat sie doch tatsächlich da hinten im Garten ihr Unterhöschen runtergezogen und hat gesagt, du sollst mal riechen, weil sie sich immer mit dem Parfüm von ihrer Mutter parfümiert hat, weil sie gehofft hat, daß du mal eines Tages merkst, was für ein schönes Parfüm sie benutzt, und du hast da gestanden, und sie hat dir selbst die Hosen runtergezogen, so wie ich das gemacht hab, als du klein warst und dich zum Aa-machen hinsetzen solltest, und dann hat sie vor Angst gezittert, weil das das erste Mal war, daß ein Mann das mit ihr machen würde, und da hast du gesagt, das wär nicht gut, was ihr da macht, und du wolltest nicht weitermachen. Und da hast du für immer ihre Ehre gerettet. Und wenn das anders gewesen wär, dann hätte sie jetzt ganz bestimmt nicht das, was sie heut alles hat. Sie sagt, sie hat sich nie was aus ihrem Mann gemacht, weil der fast genauso alt war wie sie, ein bißchen älter, ein oder höchstens zwei Jahre, aber für sie war er damals ein Kind, weil sie sich nur für ältere richtig interessiert hat, für erwachsne Männer, aber daß er der Sohn von einem Mann war, der noch reicher als ihr eigner Vater war, das wußte sie, und daß der Vater von dem Jungen der Besitzer von den kleinen Höfen war und daß wir immer zu ihr gesagt haben, daß das ein guter Mann ist, schade, daß dein Vater ihn nicht mochte, wegen dem Getratsche, du weißt schon. Und als der Junge dann älter wurde, gefiel er ihr immer besser, und Olga sagt, er ist dir sehr ähnlich, deshalb hat sie sich anfangs für ihn interessiert, und ich hab zu Olga gesagt, alle hübschen jungen Männer sehen sich bißchen ähnlich, und da hat sie zu mir gesagt, ja, das stimmt. Und sie, die Olga, ist eine richtige Dame, aber für mich ist sie noch dasselbe Kind wie früher, so frech wie keine andre, schlimmer als alle meine eignen Kinder, aber dann seh ich sie an, und da ist sie schon eine richtige Dame, wohnt in der Luxusvilla da, wo ich meinen Fuß nie wieder reingesetzt hab, das ist schon über dreißig Jahre her, daß wir der verstorbenen Mutter vom Besitzer die erste Kiste Sapotillfrüchte geschenkt haben, die mochte die so gern, wenn sie direkt vom Baum kamen. Der Landbesitzer war damals noch Junggeselle, und da hat dein Vater dann diese Eifersucht gekriegt. Die Olga hat alles, und dann noch diese Kinder, die sind so hübsch, das glaubt man gar nicht. Und sie hat mich in den Arm genommen und hat gesagt, das hat sie alles dir zu verdanken, weil, wenn du sie an dem Abend ausgenutzt hättest, wo sie sich so schamlos benommen hat, dann wär das an dem Abend das Ende von ihrem Leben gewesen, so wie bei den Frauen, die einmal einen großen Fehler machen. Und statt dessen hat an dem Abend ihr Leben angefangen, hat Olga zu mir gesagt, bis zu dem Abend war sie ein ungezogenes Kind und schon bißchen schamlos, aber wo du solche Achtung vor ihr gehabt hast, da ist sie dann eine Frau geworden.«

Er will seiner Mutter sagen, daß er weggehen und Zigaretten besorgen will und zur Kneipe geht, weil er keinen Hunger hat, er will überhaupt nichts essen. Und wer's verdient hat, der hat auch Glück: Heute nachmittag haben ihm die Leute mit dem Apartment in Copacabana das verdammte Fenster bezahlt, und er kann sich ein Bier leisten und den Arbeitslosen eins ausgeben, die da vielleicht rumsitzen und bestimmt mit trockner Kehle würfeln. Arme Teufel sind das, die haben noch nicht mal was für einen ordentlichen Schluck.

Zwölftes Kapitel

Er brauchte überhaupt kein Papier zu unterschreiben, weil alles auf den Namen seiner Mutter lief, er hat auch keinen einzigen Arbeitstag verloren, überhaupt nichts, das gibt er ja zu und will sich auch nicht beklagen, seine Mutter ist nämlich ganz allein zum Notar gegangen und hat ihm nachher erzählt, daß die Mutter seiner Kinder mit ihr gegangen ist. Sie war zufällig zu Besuch gekommen, und da hat seine Mutter sie gebeten, daß sie zum Unterschreiben für den Hausverkauf mitkommt, weil sie mit ihrer Brille nicht mehr zurechtkommt, lesen kann sie, aber mit dieser Brille sieht sie nichts mehr, und schreiben kann sie nicht, aber unterschreiben, das kann sie. Und sie nimmt den Scheck in Verwahrung, sie selbst, den soll ihr keiner stehlen, sie nimmt ihn mit nach Cocotá, und da bringt sie ihn auf die Bank, und dann hebt sie immer ab, was sie für die Behandlung braucht. Seine Schwestern werden sich da um sie kümmern, um alle diese Sachen, und sollen sie doch zum Teufel gehen, verdammt, es ging nicht anders, weil er jeden Morgen zur Arbeit gehen muß, und sie wär allein gewesen, wenn sie dann plötzlich irgendeinen Anfall bekommen hätte. Und ein Monat, das ist mehr als genug Zeit für ihn, um da irgendwo ein Zimmer zu finden. Weil alles im Eimer ist, aber er kann nichts dafür, er hat immer gearbeitet, keinen einzigen Tag hat er nicht gearbeitet, solange er sich erinnern kann.

»Kind, mir geht's nicht gut, meine Hüften schmerzen, ich halt das nicht mehr aus. Ob das schadet, wenn ich die Medizin noch mal nehm?«

Die Mutter wollte das Haus nicht verkaufen, und er, »Mutter, Sie brauchen sich keine Sorgen zu machen, ich hab keine Probleme; Sie sind krank, verkaufen Sie und sorgen Sie mit dem Geld für sich, zuerst mal für Ihre Gesundheit, das Leben geht schon weiter.« Jetzt soll in der Straße, wo er wohnt, ein Grundstück versteigert werden, hat ihm einer erzählt, das wär in Santíssimo seine zweihundertfünfzig-, dreihunderttausend Cruzeiros wert, bar, verstanden?, und das wäre wirklich klug, das zu kaufen, sonst muß er immer Miete zahlen, wie? Sein Leben lang? Die Sache ist kompliziert. Deshalb wird man ja auch ganz verrückt, stimmt's? Wegen so was dreht man richtig durch, weil noch nicht mal genug Moneten für eine einzige Rate da sind, und wenn er sich so ein Grundstück kauft, muß er ja auch noch das Haus bauen, oder? Da ist ihm dieser Typ mit solchen Sprüchen gekommen, »Mensch, überleg dir das, wenn du einen Freund hast, der das kaufen kann, dann kauf. Das ist eine tolle Gelegenheit«, wenn er einen guten Freund hätte, der ihm was leihen würde, dann würde er diese Gelegenheit nicht sausen lassen, nicht? Und nun sitzt er da, verdammt, bald ist er sein Haus los, was sagt er da, das ist er ja schon los! Als er damals, siebenundsiebzig, noch sein Gespartes hatte, da hat er immer durchgehalten, nicht?, aber dann kam die Operation und bei der Gefahr, da war es besser, dafür zu bezahlen, als ins Krankenhaus zu gehen, wo's umsonst ist, aber in den letzten Tagen merkt seine Mutter, daß er ganz anders wird, wenn er nach Haus kommt, nicht?, er will sich nicht unterhalten, er ist nicht gut aufgelegt, klar? Das war ein winziges Häuschen, nur ein Zimmer mit Küche, ein kleines Haus, ganz bescheiden. Sein Vater und er haben noch ein Zimmer angebaut und das Badezimmer und danach noch ein Zimmer. Er kann nämlich Häuser bauen, da strengt er sich an, Sonntag hat er sogar die Wasserleitung direkt von der Straße gelegt, alles ganz ordentlich. Sein Vater hat tausendfünfhundert Cruzeiros dafür gegeben, das sind jetzt nur noch tausendfünfhundert Centavos, ein Hundertstel, verdammte Scheiße.

»Heilige Jungfrau, heut hab ich fast nichts gemacht, mich den ganzen Tag ruhig gehalten, warum krieg ich dann solche Schmerzen? Ich halt das nicht aus, da will ich lieber sterben.«

Angenommen, einer hat ein Auto, der liebt sein Auto, das verkauft er dann nur, wenn's gar nicht mehr anders geht, wenn er kein Geld mehr fürs Essen und Trinken und gar nichts mehr hat, und so ist das nun bei ihr, bei seiner Mutter, weil die Arztbesuche furchtbar teuer sind, die Untersuchungen, die sie machen muß, die sind sehr teuer, die Ärzte kassieren ordentlich, das schafft sie wirklich nicht anders, und das staatliche Krankenhaus hat auch keinen Zweck, das bringt sie zum Schluß nur um. Er hat sie gefragt, ob sie ihm ihr Foto daläßt, aber wenn sie das vergißt, dann soll sie das Foto mitnehmen, Schluß, aus, er wird nicht um irgendwas betteln. Maria da Glória hat nie das Foto von seiner Mutter gesehen, als sie noch ein Kind war, acht Jahre alt, eine Ansichtskarte, in irgendeinem Laden gekauft, weil die Familie arm war, und auf dem Land machen sie keine Fotos, eine Ansichtskarte von einem kleinen Mädchen, aber seine Mutter hat sie eines Tages gesehen und irgend jemand, dem sie gehörte, darum gebeten, weil sie meinte, die wär genau wie sie selbst, als sie ein Kind war. Er hat sie schon darum gebeten, und wenn seine Mutter ihn wieder fragt, was sie ihm als Andenken dalassen soll, dann will er nicht noch mal davon anfangen, wenn sie dran denkt, ist gut, wenn nicht, dann eben nicht.
»Die Medizin hilft überhaupt nichts . . . warum bist du heut abend so still?«
Als sie zusammen gingen, stellte Maria da Glória ihm dauernd Fragen. »Da auf dem Hof, wo du immer gewohnt hast, was magst du da am wenigsten?« Und er antwortete ihr, das wär die Pflanze mit den Stacheln, wenn man da vorbeigeht und an was anderes denkt, dann kann man sich richtig verletzen, und dann fragte sie, »Was magst du auf dem Hof am liebsten, was hast du richtig lieb?« Und er sagte, das wär eine Pflanze, unter der man sogar einschlafen konnte, denn die Schlangen taten da keinem was, weil sie den Geruch von dieser Pflanze nicht mögen, ein wunderbarer Duft. Und wenn Maria da Glória ihn fragen würde, was

er in diesem Haus hier am wenigsten mag, dann müßte er überlegen und wüßte nicht, was. Und einmal hat sie ihn auch gefragt, was er im Haus von Olgas Großmutter am wenigsten mochte, sie sagte zwar nichts, aber sie wußte genau, daß er sich da fast jeden Abend mit Açucena traf, und er sagte zu ihr, was er da am wenigsten mochte, war ein Nagel an einem bestimmten Fenster, und sie wußte nicht, warum, und er hat das auch nicht erklärt, weil nämlich einmal, als er durch das Fenster gestiegen ist, seine Hose hängengeblieben und aufgerissen ist. Und was er in dem schönen Haus vom Landbesitzer am liebsten hatte, das war der Fußballplatz, denn wenn er da in die Nähe kam und der Besitzer sah ihn, als er klein war und vor dem Vater ausgerissen war, sagte der Landbesitzer zu ihm, »Komm, wir spielen bißchen, ich zeig dir, wie man dribbelt«, und so. Und er hat es ihm beigebracht, und als er größer war, konnte er am besten spielen und alle fragten, »Wo hast du nur so gut dribbeln gelernt?« Und was er bei Olga zu Haus am liebsten hatte, das war die Küche, wo sie ihm so viele schöne Steaks gemacht hatten, so wie er sie gern hatte. Und was er bei Glória am wenigsten mochte, das war dieser Baum, an den sie sich immer beim Pussieren gelehnt hatten und wo sie an dem Abend zum letzten Mal zusammen waren.

»Gott sei Dank, jetzt lassen die Schmerzen bißchen nach, brauchst nicht aufzubleiben, ich glaub, ich schlaf gleich ein.«

Er kann nicht schlafen, er wälzt sich hin und her, legt sich auf die eine Seite, dann auf die andre, heute hat er wirklich schlecht gespielt, er war in Gedanken woanders, nicht mal gut gedribbelt hat er, stimmt's?

»Morgen ist Montag, da müssen wir wieder früh raus, Zeit, daß du schläfst.«

Keinen Pfennig hat er mehr für den Bus zur Arbeit morgen, wenn seine Mutter nicht hinsieht, holt er sich 'ne Kleinigkeit aus ihrem Portemonnaie, verdammtes Elend! Und dabei hat er keinen einzigen Tag in seinem Leben nicht gearbeitet, beschissenes Leben! Heute nacht kann er bestimmt nicht schlafen, er fühlt da auch was in sich drin, was immer stärker drückt, wie eine Faust.

»Kind, was ist denn mit dir los, daß du dich dauernd so hin und her wälzt? Warum schläfst du nicht? Wer nachts nicht Kräfte sammelt, kann am nächsten Tag nicht arbeiten.«

Er hat seiner Mutter nicht geantwortet und hat das auch nicht vor, denn wenn er erst zu reden anfängt, dann sagt er ihr noch lauter Scheiß, was ihm grad so in den Kopf kommt.

»Ich weiß schon, was mit dir los ist, du verzeihst mir nie, daß ich das Haus verkauf und du ohne was dastehst, auch wenn das nicht meine Schuld ist . . . Und ich werde noch vor Kummer sterben, und das ist dann viel schlimmer als jede Krankheit . . .«

Verdammte Alte! Verfluchte Alte! Zum Teufel mit dir, du lausige Alte! Du bist nämlich an allem schuld, du dreckige Alte, sie ging schon in den Schuppen rein, sie liebte mich, sie war an dem Abend fest entschlossen, und ich wollte ihn ihr reinstecken, sie schwängern, ganz im Ernst, genau das hatte ich vor! Und dann hätten ihre Eltern nichts mehr sagen können. Aber an dem Tag hast du ihr Angst gemacht, da hat sie es sich anders überlegt, begreifst du das denn nicht? Und deinetwegen ist sie sich wie ein Flittchen vorgekommen, an diesem Tag, an dem sie mir das geben wollte, was sie für mich aufbewahrt hatte, und danach konnte ich sie nie wieder überreden, und von da an hat sie davon geredet, daß ihre Mutter sagte, das mit mir wäre nichts Ernsthaftes, nichts weiter gewesen, nur so eine Kinderfreundschaft, aber jetzt wäre sie ein junges Mädchen und müßte an ihre Zukunft denken, und wenn ihr Vater davon erführe, daß wir jeden Abend rumpussierten, dann würde er furchtbar böse werden. Und dann hab ich zu ihr gesagt, wenn sie mich nicht liebte, weil ich arm wär, dann wäre es besser, daß wir endgültig Schluß machten. Und sie, nein, nein, wieso das denn, sie liebte mich wirklich. Und eines Abends, als ich hinkam, hörst du mich, du gemeines Weibsstück?, da war sie ganz verschüchtert und guckte nur nach unten und sagte, ihre Mutter hätte ihr verboten, sich noch mal mit mir zu treffen, und wenn sie das doch täte, würde sie es dem Vater erzählen, und da müßte dann doch Schluß sein, nicht? Und es wäre nicht so wichtig, daß ich arm wär und der Sohn von der Hausangestellten von gegenüber, aber daß ich nichts machen und meinem Vater nicht helfen würde, und da kann ich nur sagen, war das überhaupt ein Vater? Und daß ich vormittags zur Schule gehen und mich den ganzen Nachmittag rumtreiben würde und überall erzählte, ich wär der beste Fußballspieler, und wenn das aber stimmt, daß ich der beste war, was ist dann daran schlimm? Und abends hätte ich Frauengeschichten, weil alle über Açucena Bescheid wußten, und das vor allem Ihretwegen, weil Sie allen Leuten davon erzählt haben, konnten Sie nicht das Maul halten? Nein! Verfluchte Alte! Dann krepier doch endlich! Wenn Sie schon jammern, zu leiden wär schlimmer als der Tod! Aber Sie sterben ja nicht! Und deshalb haben sie gesagt, ich würde alle ausnutzen und hätte keinen Anstand, weil Açucena jetzt für immer verrufen wär. Und die Mutter von Glória bereute anscheinend, daß sie zu mir Vertrauen gehabt hatte, und dann hat sie gesagt, wie Glória sagt, ich hätte das ausgenutzt, daß ich der Sohn von der Hausangestellten war und die bei Olga mir deshalb vertraut hatten, und deshalb hätten sie mich ins Haus reingelassen, und weil sie gesehen hat, daß ich bei Olga ins Haus gehen konnte, hätte sie mich auch reingelassen, aber nun wär's genug, wenn sie sie noch einmal erwischte, würde sie den Rest dem Vater überlassen. Und das war alles dein Werk, du dreckige Alte! Und er sagte zu Glória, er würde sie da an Ort und Stelle bumsen, und sie sagte, er müßte anders werden und sich bessern und mit seinem Vater auf dem Feld arbeiten, und wenn sie volljährig wäre, würde sie ihn heiraten, sie müßten beide Geduld haben und warten, die Trennung wäre die Bewährungsprobe für ihre Liebe, und da hat er ihr eine verpaßt, genau das muß man mit euch Frauen machen, ihr seid alle falsche Flittchen, und was hat sie da gemacht? Sie fing an zu heulen, und dann hat sie gesagt, sie wollte ihn nie wiedersehen, und heulend hat sie gesagt, sie liebte ihn tatsächlich, aber er sie nicht. Und er ist weggegangen und hätte Olga schwängern können, die da auf ihn wartete, aber er hat sie nicht angefaßt, warum nicht, das weiß er nicht. Und dann war alles im Arsch, verdammte Alte, verfluchte, dreckige, widerliche Alte, schlimmer als jedes Indioweib!

»Kind ... bist du wach ... kannst du mir bitte ... die Tablette geben, die ich da hingelegt hab, ich hab so entsetzliche Schmerzen in der Hüfte, ich kann nicht aufstehn.«

Sie hat so entsetzliche Schmerzen in der Hüfte, sie kann nicht aufstehen. Deshalb nimmt sie die Medizin, und er soll ihr zur Hand gehen, und ihre Töchter sind nicht da, er muß dafür sorgen, wie? Und jetzt weiß seine Mutter ja auch, daß er nicht so einer ist, der keinen Anstand hat und andere ausnutzt, oder? Olga hat die Geschichte erzählt, aber sie ist krank, und da muß man ihr helfen, daß sie wieder gesund wird, er hat schon genug Probleme, er ist ein Mann, und er wird allen zeigen, daß er anständig ist und niemand ausnutzt.

»Danke ... hast du was Schlimmes geträumt? Ich hab gehört, wie du dich im Bett gewälzt hast, so was von unruhig!«

Eines Tages hat der Landbesitzer zu ihm gesagt, »Du bist ja noch ein Kind und kannst schon so geschickt mit dem Ball umgehen.« Und wenn er jetzt das Geld für die Fahrt hätte, würde er nach Cocotá fahren und den Landbesitzer um eine Summe bitten, damit er sich das Grundstück kaufen kann, und er würde sagen, »Könnten Sie mir vielleicht Geld leihen, damit ich das Grundstück kaufen kann? Wie ich Ihnen das zurückzahlen soll, weiß ich nicht, aber vielleicht hab ich ja Glück, und dann spiel ich jeden Monat im Lotto.« Der

Landbesitzer würde ihm die Moneten bestimmt leihen, aber er hat ja noch nicht mal was für den Bus zur Arbeit morgen. Er wird sich was aus dem Portemonnaie von seiner Mutter nehmen müssen, nach dem Entschluß vom Nachmittag hat er mehr als nur ein Bier getrunken.

»Warum schläfst du denn noch nicht? Haben die Kinder dich nervös gemacht?«

Die Mutter seiner Kinder war heute wieder da, hat einen besondren Sonntagsbesuch gemacht, als er gerade zum Fußball gehen wollte. Sie kam nachmittags um drei, und da ist er erst abends Viertel nach elf zurückgekommen. Als er nach Haus kam, war sie nicht mehr da. Die hat sich da mit seiner Mutter unterhalten. Er hat gesagt, »Du entschuldigst, aber ich mach mich mal zum Fußball auf«, da hat sie sich umgedreht und gesagt, »Damit hast du wohl bis heute noch nicht aufgehört, was? Das ist gefährlich, da kannst du dich verletzen, und dann mußt du am Montag arbeiten und kannst nicht.« Ihre alten Sprüche, und er, »Gefährlich schon, aber ich spiel gern Fußball«, da ist er zum Fußball gegangen und erst abends um elf nach Haus gekommen. Nach dem Spiel sind die andern und er weggegangen und haben sich unterhalten, geredet, über die Mannschaft gesprochen, wie die war. Heute haben sie glänzend gesiegt, sieben zu drei, er hat zwei Tore geschossen, so wie immer, kein Spiel, in dem er nicht ein Tor schießt. Na schön. Sie hat losgeschimpft, »Also, Fußball spielen . . .«, und weiß der Himmel was noch, ganz sauer, »hast du den Besuch noch nicht gesehen? Deine Kinder sind da.« Da hat er die Kinder in den Arm genommen und so, »Papa, bring mir Bonbons mit«, diese Geschichten, nach dem Spiel, verstanden? Und sie hat dasselbe wie immer gesagt, daß sie neuntausend verdient und fünftausend für die Miete zahlt, für Strom bezahlt sie sechshundert, klar?, sie bezahlt Wasser und Kanalisation, und dann ist sie blank. Und jetzt hat sie den Unterhalt für die Kinder, den er zahlt, aber das ist auch nur 'ne Kleinigkeit, das sind viertausend und etwas. Zahlen muß er das ja, oder?, den Unterhalt für die Kinder, sonst wär er ein Schuft, ein Vater muß ein Vater sein, sonst geht's nicht. Wenn er Geld hätte, dann wär alles gut, dann würde er ein kleines Grundstück kaufen und ein Häuschen für sie bauen, das kann er nämlich. Aber Geld ranschaffen, das ist verdammt schwer.

»Wenn du nicht einschlafen kannst, kannst du auch das Licht anmachen, mich stört das nicht.«

Er hat zu seiner Mutter gesagt, sie sollte sich keine Sorgen machen, es ginge ihm gut, er wär nur nicht müde, sonst nichts, verstanden?, und dann ist er aufgestanden und hat die Hose angezogen, ist auf den Hof rausgegangen, und was ihn in diesem Haus am meisten ärgert, ist die Gartentür, die ist verzogen, wenn er nach Haus kommt, muß er sich immer damit rumschlagen. Und was er an diesem Haus am liebsten hat, das sind die Obstbäume, der Mangobaum, die Mangos waren früher ganz klein, und die Bananenstauden. Und der Mond scheint. Bei dem Mondschein muß er an die Zeit denken, als er so zwölf, dreizehn war, da gab's 'ne Menge Abenteuer. Da machte er lauter Sachen, heute gibt er sich Mühe, so was nicht mehr zu machen. Er hatte viel Unsinn im Kopf, lauter verschiedene Sachen, viele Pläne hat er gehabt, und aus keinem ist was geworden. Wenn einer den Mond ansieht, fallen ihm meist lauter verschiedene Sachen ein, Freundinnen, die Zeit, als er noch jünger war, was alles in seinem Leben passiert ist. Er hatte viele Pläne. Einer davon war, ein Auto anzuschaffen, verdammt, gehabt hat er nie eins. Und dann wollte er unbedingt groß werden, richtig groß. Sehr gut gekleidet, ein fortschrittlicher Kerl sein, kämpfen und damit an allerhand Fortschritt beteiligt sein, viel Moneten, und nichts davon ist was geworden, stimmt's? Aber groß, das ist er geworden, so groß, wie er wollte. Wenn die Leute den Mond ansehen, dann denken sie meist an all das. Er findet, die Nächte sind meist sehr schön, wenn man den Himmel und die Sterne ansieht, aber nur auf dem Land. Die schöne Nacht kann man nur auf dem Land sehen, im

Freien, wo es keine Glühbirnen gibt, die verderben alles. Da sieht man nach oben, und da kann man wirklich einen schönen Himmel sehen. Scheint, daß seine Mutter eingeschlafen ist, sie jammert nicht mehr, wenigstens hier vom Hof hört man nichts, oder? Morgen will er sich gleich ein paar Moneten für die Fahrt nehmen, sonst nichts, und daß leiden schlimmer als der Tod ist, das stimmt nicht. Der Tod ist das Schlimmste, was es gibt. Der Tod ist was Furchtbares. Er möchte nicht sterben, wenn einer stirbt, ist es aus, alle Frauen bleiben dann hier, die Freunde, die Arbeitskollegen, die ganze Bande. Und wer gestorben ist, den vergessen die Leute praktisch. Einer hat einen sehr guten Freund, der stirbt, und er denkt eine Zeitlang an ihn und dann vergißt er ihn allmählich, so wie das mit Rogério gewesen ist, der an einem Schlangenbiß gestorben ist, und er hat eine Zeitlang an Rogério gedacht, und jetzt hat er schon seit Jahren nicht mehr an Rogério gedacht. Ein Freund stirbt und man freundet sich mit andern an und vergißt ihn, so ist das mit dem Tod. Der Tod ist das Schlimmste, was es gibt, denn wenn einer stirbt, dann vergessen ihn die Leute.

»Josemar! Kind . . . Erkälte dich nicht, warum bist du so rausgegangen, ohne dir was anzuziehen? Komm mit rein, es ist kalt. Ich hab 'n bißchen geschlafen, meine Schmerzen sind weg . . . Aber dann bin ich wieder aufgewacht, wohl weil ich dir was sagen wollte. Ich hab heut abend solche Schmerzen in der Hüfte gehabt, die waren so schlimm, daß ich dran gedacht hab, was für Schmerzen ich bei deiner Geburt gehabt hab. Und dann ist mir eingefallen, was ich gedacht hab, als ich dich zum erstenmal gesehn hab. Du warst grad erst geboren, da hab ich was gedacht, so mir nichts, dir nichts, ohne besonderen Grund, und das war, daß ich dich sehr gern haben würde, mehr als meine andren Kinder, warum, weiß ich nicht. Und dann hab ich mit der Zeit gedacht, das wär nicht richtig, weil man seine Kinder alle gleich liebhaben muß. Aber da bist du dann schon bißchen größer gewesen, und ich hab gemerkt, daß du mich lieber hast als die andern, aus der Familie. Alle hatten sie mich sehr gern, wenn ich ihnen was gegeben hab, aber wenn ich ihnen nichts gegeben hab, dann hatten sie mich nicht so besonders gern. Aber mit dem Josemar ist das nicht so, hab ich gedacht, der hat mich richtig gern, so ist das bei dem, Schluß, aus, und das, wo ich ihm gar nichts geb. Und dann sind die Jahre vergangen, und das ist immer so gewesen. Und heut nacht hab ich gedacht, die andern tun mir leid, wenn ich denen nichts geb, dann mögen die mich nicht besonders, die tun mir leid, weil die immer irgendwas brauchen, die haben nichts, aber Josemar, den mögen alle so wie er ist, der ist so hübsch, und der braucht nicht immer soviel Sachen wie die andern, weil er selbst allerhand hat und dann noch bei so vielen Frauen so beliebt ist, die sind alle hinter ihm her, manche sind dreist, andere nicht. Und deshalb kann er mich so gern haben und braucht nichts von mir, weil er nicht viel Geld hat, aber dafür was andres, und das ist so, als ob er reich wär.«

Epilog

Heute morgen konnte er nicht aufstehen, weil er in der Nacht fast nicht geschlafen hat, aber im Stehen in dem verdammten Bus konnte er kein bißchen schlafen, bis er in Rio war. Zum Glück wird das verdammte Badezimmer mit seinen verfluchten Kacheln noch diese Woche fertig. Nur der Spiegel muß noch aufgehängt werden. Dann kann er sich wenigstens bißchen ansehen und rasieren, nicht mal dafür hat er Zeit, vor lauter Arbeit, und bei diesem ganzen Scheiß weiß er schon gar nicht mehr, wie er aussieht. Wenn er neben dem kleinen Fenster säße, könnte er sich im Spiegel sehen. Manchmal weiß er nicht mehr, wie er aussieht.

»Wann hast du mich zum letzten Mal gesehen?«

Zum letzten Mal hat er sie vor zehn, vor acht Jahren gesehen. Danach immer von weitem. Das war in Cocotá, Bundesstaat Rio de Janeiro. Am Platz, neben der Kirche, oder?, sie wollte sich mit ihm treffen, sie hatten sich verabredet, oder wie war das?, sie sind zusammen zum Clube Municipal gegangen, eine ganze Nacht tanzen. Und was ist dann noch mit ihr passiert? In der Nacht damals sind sie bis morgens halb drei auf dem Ball geblieben, danach sind sie ins Hotel gegangen, zum Bumsen, stimmt's?, in der Nacht.

»Aber hat denn niemand gemerkt, daß da eine Fünfzehnjährige ins Hotel kam?«

Im Club waren viele Leute, die Stadt war nicht sehr groß, so an die sechstausend Leute, sechstausend Einwohner. Aber ins Hotel gehen war kein Problem, nein, nicht da, das Hotel ist in 'ner andren Stadt in der Nähe, klar? Da sind sie angekommen, haben ein paar Bierchen getrunken und so. Sie sind mit dem Auto hingefahren, damals hatte er einen Maverick, damals, andre Zeiten.

»Was war das für ein Ball?«

Die Musik war die ganze Zeit von Roberto Carlos, die ganze

Nacht. Sie sind auch an den Swimmingpool gegangen, herumgelaufen, zum Wasserfall. Sie sind auf die Steine geklettert, ein hübscher Wasserfall, voll mit Steinen, da sind sie zwischen den Bäumen rumgelaufen, richtig im Urwald.
»Ich habe dich nach dem Ball an dem Abend gefragt.«
Der Ball war brechend voll, wahnsinnig viel Leute, drei- bis viertausend. Sie kannten viele, ziemlich viele, aber sich verdrücken, das ging, das klappte. Auf dem Ball waren sie fröhlich, richtig happy.
»Worüber haben wir auf dem Ball geredet?«
Von Liebe, stimmt's? Nur Liebesgeflüster. Küßchen und so, immer wieder hat er zum Weggehen gedrängt, damals konnten sie ja nicht ins Hotel gehen, weil sie noch ein Mädchen war, Jungfrau, klar? Aber an dem Samstag, da hat sie ein paar getrunken, und sie sind ins Hotel gegangen.
»Als du damals zurückgekommen bist, hast du mich da von weitem gesehen?«
Jedesmal, wenn er zurückkommt, dann sieht er sie normalerweise, sie versucht an ihn heranzukommen, aber er weicht ihr aus, klar? Aber wenn er jetzt das nächste Mal hinfährt, will er sehen, ob er nicht bißchen freundschaftlich mit ihr redet, ganz ohne was dahinter, verstanden?, nur um ihr die Sache bißchen leichter zu machen, danach war sie nämlich nicht mehr ganz richtig im Kopf, haben alle gesagt. An den letzten Abend auf dem Ball kann er sich jedenfalls erinnern, mit allen Einzelheiten. Sie trug ein neues Kleid, grün, mit einem schwarzen Band im Haar, und er war auch ganz schick, er hatte sich in Lee-Jeans geworfen, die waren damals grade in Mode gekommen, und ein Rund-um-die-Welt-Hemd. Das war ein todschickes Hemd, so eins hatten nur ganz wenige, die waren sehr teuer, klar?
»Lange Zeit hast du dich überhaupt nicht mehr an mich erinnert, jetzt kannst du dich zum Glück wieder erinnern.«
Da sind sie dann vom Ball weggegangen. Seit diesem Abend ahnte sie nämlich, daß er wirklich weg wollte, deshalb hat

sie sich ihm hingegeben und gedacht, das würde ihn an sie binden, »Nein, du bleibst hier bei mir, du weißt schon, oder?« Da hat er zu ihr gesagt, nein, er würde wirklich weggehen, aber damals hatte er nicht gesagt, daß er sie noch in dieser Nacht verlassen würde, weil er ihre schwachen Stellen kannte, nicht? Verdammt, wenn er sagt, daß er sie verlassen will, bringt das nichts, dann geht sie nicht mit ihm vom Ball weg, aber wenn sie mitgeht, ist alles klar, oder? Also hat er sie ins Auto gesteckt, und sie haben darüber geredet, »Paß auf, Kleine, jetzt fahren wir in eine Stadt und amüsieren uns mal bißchen anders, verdammt. Schließlich gehen wir schon drei Jahre zusammen, und da mußt du mal Vertrauen zu mir haben, find ich«, und so weiter und so fort. Da hat sie geweint, hat richtig losgeheult, und er hat sich überhaupt nicht drum gekümmert, er war ganz wild, ziemlich betrunken. Sie sind im Hotel angekommen, haben geduscht, nicht?, und sie wollte sich auf keinen Fall ausziehen. Er wie wild. Er hat sie gepackt, »Leg dich hin!«, hat sie hingelegt und sie ausgezogen, da haben sie angefangen sich zu küssen und zu beißen und so. Sie weinte furchtbar, ganz verzweifelt. Da hat er zu ihr gesagt, »Hör mal zu, Kleines, das nützt nichts, von hier kommst du nicht weg, nutz das aus, die Nacht gehört dir.« Aber sie fand das schon beim erstenmal wunderbar, einfach zu schön, »Hör zu, Mädchen, es war nicht gut, weil es zu sehr weh getan hat, verstehst du? Ich glaub, das könnte noch viel besser sein«, und sie, »Für mich sieht das so aus: Ich hätte das schon am ersten Tag machen sollen, als ich dich kennengelernt habe, Josemar, so wie du gesagt hast.« Da hat er gesagt, »Das hättest du damals nicht machen können, weil ich dich mit zwölf kennengelernt hab, oder noch nicht mal, damals warst du vielleicht zehn. Das ging damals auf keinen Fall, das hätte ich nie mit dir gemacht, verstehst du? Jetzt schon, jetzt bist du in einem guten Alter, auch wenn's verdammt weh getan hat.« Er war ganz verrückt nach ihr!
»Ich weiß nicht mehr, was für ein Schmerz das war, ich

kann mich beim besten Willen nicht mehr daran erinnern.«
Es ist wirklich schwierig, sich an alles zu erinnern, sie war schon fünfzehn, fast sechzehn. Wenn er zuviel redet, kriegt er Sehnsucht, sich mit ihr zu treffen, klar? So manchen schönen Abend gab's, verdammt, das kann man wohl sagen!, sie haben auf den Plätzen geflirtet, sind spazierengegangen, um die vielen Häuser rumgegangen, richtig spazierengegangen, das stimmt, daß sie spazierengegangen sind. Danach sind sie bei ihr im Garten gewesen, im Dunkeln, ganz eng aneinander, bis spät. Wenn er auf die Straße ging, drehte er sich immer um und schaute zu ihrem Fenster, Glória war wie immer da, winkte ihm zum Abschied, bis er um die Ecke bog, in die Straße mit den Oitizeiros, diesen hohen Bäumen, die noch größer waren als er, ein ganzes Stück größer.